KB113182

더모던 감성클래식 02

빨강 머리 앤 3

더모던 감성클래식 02

빨강 머리 앤 3

루시 모드 몽고메리 지음 | 박혜원 옮김

더모던
Themodern

Anne of
Green Gables

차례

Anne of
Green Gables

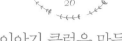

26

이야기 클럽을 만들다

에이번리의 어린 학생들은 다시 이어지는 단조로운 일상이 따분하기 이를 데 없었다. 특히 몇 주 동안 흥분에 취해 있던 앤에게는 모든 게 끔찍이도 지루하고 김빠지고 무의미해 보였다. 앤이 발표회 이전의 조용한 즐거움을 누리던 그때로 다시 돌아갈 수 있을까? 처음에 앤은 다이애나에게 말한 것처럼 절대 그럴 수 없을 것 같았다.

50년은 족히 지난 일을 회상하듯 앤이 애절하게 말했다.

"이건 확실해, 다이애나. 지난날과 똑같은 생활로 돌아갈 순 없을 거야. 시간이 조금 흐르면 익숙해지기야 하겠지만, 발표회가 우리 일상을 망가뜨릴까 봐 걱정이야. 그래서 마릴라 아주머니가 발표회를 반대하셨나 봐. 아주머니는 정말 분별 있는 분이셔. 분별력이 있다는 건 무척 좋은 일일 거야. 하지만 난 솔직히 분별력 있는 사람이 되고 싶지는 않아. 낭만이 너무 없잖아. 린드 아주머니는 내가 그렇게 되지 않을 거니까 걱정하지 말라고 하시지만, 그건 아무도 모를 일이잖아. 지금 생각에 나는 어른이 되면 분별력 있는 사람이 될 거 같거든. 그냥 피곤해서 그런 생각이 드나 봐. 어젯밤에 한참 동안 잠을 못 잤거든. 침대에 누워서 발표회 생각만 하고 또 하고 그랬어. 그런 행사를 하면 이런 건 참 좋은 거 같아. 이렇게 계속 돌아볼 수 있어서 너무 멋지잖아."

하지만 결국 에이번리 학교는 예전의 생활을 되찾고 전에 즐기던 관심거리들로 눈을 돌렸다. 발표회 후유증이 있기는 했다. 루비 길리스와 엠마 화이트는 무대에서 앞자리를 놓고 싸우더니 학교에서도 서로 다른 자리에 앉았고, 3년 동안 이어진 튼튼한 우정도 깨져버렸다. 조시 파이와 줄리아 벨은 석 달 동안 '말'을 하지 않았다. 줄리아 벨이 시를 낭송하려고 자리에서 일어나 인사하는 모습이 꼭 닭이 모가지를 흔드는 것 같았다고 조시 파이가 베시 라이트에게 말했는데, 베시가 그 이야기를 그대로 줄리아에게 전했기 때문이다. 슬론 씨네 아이들과 벨 씨네 아이들은 서로 상대하지 않으려 했다. 벨 씨네 아이들은 슬론 씨네 아이들이 프로그램을 너무 많이 맡았다며 불평했고, 슬론 씨네 아이들은 벨 씨네 아이들이 얼마 되지도 않은 역도 제대로 해내지 못했다고 되받아 공격했다. 마지막으로 찰리 슬론은 무디 스퍼전 맥퍼슨과 싸웠다. 무디 스퍼전이 앤 셜리가 낭송으로 잘난 체한다고 말했다가 흠씬 얻어맞은 것이다. 그 때문에 무디 스퍼전의 여동생인 엘라 메이는 겨울 내내 앤 셜리와 말을 하지 않으려고 했다. 이런 사소한 마찰들을 제외하고는 스테이시 선생님의 작은 왕국은 규칙대로 순탄하게 돌아갔다.

겨울도 한 주 한 주 흘러갔다. 그해 겨울은 예년과 달리 포근하고 눈도 별로 오지 않았기 때문에 앤과 다이애나는 거의 매일 '자작나무 길'을 지나 학교에 갔다. 앤의 생일에도 둘은 계속 재잘거리면서도 눈과 귀는 한껏 곤두세운 채 '자작나무 길'을 가볍게 걸어 내려갔다. 스테이시 선생님이 곧 '겨울 숲 산책'이라는 주제로 글쓰기를 할 거라고 해서 숲을 주의 깊게 관찰해야 했다.

앤이 경외감이 깃든 목소리로 말했다.

"생각해 봐, 다이애나. 내가 오늘 열세 살이 됐잖아. 십대*가 됐다는 게 실감이 잘 안 나. 오늘 아침에 일어났는데 세상이 달라진 것만 같았어. 넌 한 달 전에 열세 살이 됐으니까 나처럼 신기한 기분은 아닐 거야. 사는 게 훨씬 더 재미있어지는 것 같아. 2년만 더 지나면 정말 어른이 되겠지. 그때가 되면 조금 거창한 표현을 써도 아무도 비웃지 않을 거라 생각하니 정말 안심이야."

"루비 길리스는 열다섯 살이 되자마자 바로 남자친구부터 만들 거래."

다이애나가 말했다. 앤이 경멸하는 투로 그 말을 받았다.

"루비 길리스는 남자친구 생각밖에 안 해. 현관 벽에 누가 자기 이름을 쓰면 겉으론 굉장히 화를 내도 사실 좋아한다니까. 근데 이런 게 험담이면 어쩌지? 앨런 사모님이 험담은 절대 하면 안 된다고 하셨는데. 나도 모르게 이런

---

* 13~19세 정도를 가리킨다.

말이 입 밖으로 불쑥 나와 버린다니까. 넌 안 그래? 조시 파이는 험담 말고는 할 얘기가 없어. 그래서 난 아예 개 얘기는 안 하잖아. 네가 눈치챘는지 모르겠지만 말이야. 아무튼 난 앨런 사모님처럼 되려고 할 수 있는 노력은 다 하고 있어. 사모님은 완벽한 분 같아. 앨런 목사님도 그렇 게 생각하시나 봐. 린드 아주머니가 그러시는데, 목사님 은 사모님이 밟고 지나간 길까지 숭배할 정도래. 아주머 니는 목사님이 한낱 인간에게 그런 애정을 쏟아붓는 건 옳지 않다고 생각하신대. 하지만 다이애나, 목사님도 사 람이잖아. 다른 사람들처럼 어떤 죄는 더 쉽게 짓기도 하 고 그러겠지. 지난 주일 오후에는 앨런 사모님이랑 인간 이 빠지기 쉬운 죄에 대해 정말 재밌는 대화를 나눴어. 주 일날 나누기에 적절한 대화 주제가 몇 개 안 되는데, 이건 이야기할 만한 주제잖아. 내가 빠지기 쉬운 죄는 상상을 너무 많이 하느라 해야 할 일을 잊는 거야. 이 버릇을 고 치려고 열심히 노력하고 있어. 이젠 열세 살이니까 차차 나아지겠지."

"4년만 있으면 우리도 머리를 틀 수 있어. 앨리스 벨은 겨우 열여섯 살인데 머리를 올리고 다니잖아. 그건 좀 우스운 거 같아. 난 열일곱 살이 될 때까지 기다릴 거야."

다이애나가 말했다. 그러자 앤이 단호하게 말했다.

"만약 내가 앨리스 벨처럼 코가 삐뚤어졌다면 난 그런…… 아니야! 말하지 않을래. 이건 너무 심한 험담이야. 게다가 내 코랑 비교까지 하고 있었어. 그건 허영심이잖아. 오래전에 코를 칭찬 받았는데 그 뒤로 줄곧 코 생각을 너무 많이 하는 거 같아. 나한테는 정말 큰 위로거든. 아, 다이애나, 저기 봐. 저기 토끼야. 토끼도 숲 작문에 쓰게 기억해 두자. 숲은 겨울에도 여름만큼이나 아름다운 거 같아. 온통 하얗고 고요해서, 마치 잠이 들어 예쁜 꿈을 꾸고 있는 기분이야."

"이번 작문 글쓰기는 별로 걱정 안 돼. 숲에 대한 글은 어떻게든 쓸 수 있을 것 같거든. 하지만 월요일에 내야 할 작문 숙제를 생각하면 앞이 캄캄해. 이야기를 직접 지어 내라고 하신 거 말이야!"

다이애나가 한숨을 쉬었다.

"왜, 그건 완전 식은 죽 먹기잖아."

"넌 상상력이 풍부하니까 그렇지. 상상력 없이 태어났다면 어떨 거 같아? 넌 벌써 다 썼지?"

다이애나가 항변하듯이 말했다.

앤은 잘난 척하는 것처럼 보이지 않으려고 애썼지만 어쩔 수 없이 고개를 끄덕였다.

"지난 월요일 저녁에 썼어. 제목은 '질투하는 경쟁자'나 '죽음도 갈라놓을 수 없다'로 할 거야. 마릴라 아주머니께 읽어 드렸더니 너무 허황되고 말도 안 되는 얘기래. 그다음에 매슈 아저씨께 읽어 드렸는데 아저씨는 좋다고, 잘 썼다고 하셨어. 난 아저씨 같은 비평가가 좋아. 이건 슬프고도 아름다운 이야기야. 이 글을 쓰면서 어린애처럼 엉엉 울었다니까. 코딜리어 몽모랑시와 제럴딘 시모어라는 아름다운 두 아가씨에 대한 이야기야. 둘은 같은 마을에 살면서 서로를 헌신적으로 사랑해. 코딜리어는 짙은 밤처럼 까만 머리에 눈은 저녁놀처럼 반짝반짝 빛나고 피부가 가무잡잡한 아가씨야. 제럴딘은 금실 같은 머리카락을 지닌 여왕처럼 아름다운 금발에 눈은 벨벳처럼 부드러운 자주색이야."

"눈이 자주색인 사람은 태어나서 한 번도 못 봤어."

다이애나가 미심쩍은 듯 말했다.

"나도 못 봤어. 그냥 상상한 거야. 조금 색다르게 하고 싶었거든. 제럴딘은 설화석고 같은 이마도 가졌어. 설화석고 같은 이마가 뭔지 알아냈어. 열세 살이 돼서 좋은 게 이런 점인 거 같아. 열두 살 때보다 아는 게 훨씬 더 많잖아."

"그래서 코딜리어하고 제럴딘은 어떻게 됐어?"

다이애나가 두 주인공의 운명에 호기심을 보였다.

"둘은 아름답게 자라서 열여섯 살이 됐어. 그런데 어느 날 버트럼 드비어가 두 사람이 사는 마을에 오고, 금발의 제럴딘과 사랑에 빠지게 돼. 마차의 말이 날뛰며 달려가는데, 버트럼이 그 마차에서 제럴딘을 구한 거야. 제럴딘이 버트럼한테 안겨서 정신을 잃는 바람에 버트럼은 제럴딘을 5킬로미터나 떨어진 집까지 데려다줬어. 마차는 다 부서졌을 거 아냐. 청혼하는 장면은 상상하기가 좀 어려웠어. 경험해 본 적이 없잖아. 그래서 루비 길리스한테 남자들이 어떻게 청혼하는지 아냐고 물어봤어. 결혼한 언니들이 많으니까 이런 문제는 꿰고 있을 것 같았거든. 루비는 맬컴 앤드루스가 수전 언니한테 청혼할 때 복도 벽장 안에 숨어 있었대. 루비가 그러는데, 맬컴이 아버지한테서 농장을 물려받았다고 하면서 '사랑하는 그대여, 이번 가을에 결혼하는 게 어떻소?' 그랬더니 수전 언니가 '좋아요…… 아니, 안 돼요…… 아, 모르겠어요. 잠깐만요' 했는데, 순식간에 약혼까지 하더라. 하지만 난 그런 청혼은 별로 낭만이 없는 거 같아서, 결국 최대한 상상력을 끌어내야 했어. 난 아주 화려하고 시적인 장면으로 꾸며서 버트럼이 무릎을 꿇게 했어. 루비 길리스 말로는 요즘은 그렇게 잘 안 하는 것 같지만. 제럴딘이 청혼을 받아들이는 대사가 한 페이지나 돼. 그 대사를 쓸 때 굉장히 애를 먹었어. 다섯 번이나 고쳐 써서 걸작이 탄생한 것 같아. 버트럼은 다이아몬드 반지와 루비 목걸이를 주면서 유럽으로 신혼여행을 떠나자고 말해. 어마어마하게 부자거든. 하지만 아아, 두 사람의 앞날에 어두운 그림자가 드리우기 시작해. 코딜리어도 아무도 모르게 버트럼을 사랑하고 있었던 거지. 제럴딘이 버트럼과 약혼했다고 말했을 때 코딜리어는 분노가 치솟았고, 목걸이랑 다이아몬드 반지를 보고는 폭발해 버렸어. 제럴딘을 향한 사랑이 쓰디쓴 증오로 바뀌었고 코딜리어는 두 사람이 절대 결혼하지 못하게 하리라고 맹세했어. 하지만 제럴딘에게는 여전히 친구인 것처럼 아무렇지도 않게 대했지. 어느 날 저녁,

둘은 물살이 사나운 강 위의 다리 위에 서 있었어. 코딜리어가 두 사람밖에 없다고 생각하고 제럴딘을 다리 밑으로 힘껏 밀었지. '하하하!' 비웃으면서 말이야. 하지만 그 장면을 전부 목격한 버트럼이 '내가 그대를 구하겠소, 나의 소중한 제럴딘'이라고 외치며 제럴딘을 따라 물속으로 뛰어든 거야. 하지만 애석하게도 버트럼은 수영을 못한다는 걸 미처 생각하지 못했던 거지. 결국 두 사람은 서로 꼭 끌어안은 채 물에 빠져 죽어. 두 사람의 시신은 곧 물가로 떠밀려 왔어. 둘은 한 무덤에 묻히고 더없이 장엄한 장례식이 치러져, 다이애나. 결혼식보다는 장례식으로 끝나는 게 훨씬 더 낭만적이거든. 코딜리어는 자책감 때문에 미쳐서 정신병원에 갇혀. 난 그게 코딜리어의 죄를 시적으로 벌하는 거라고 생각했어."

"너무 아름다워! 앤, 어떻게 하면 그렇게 감동적인 이야기를 생각해 낼 수 있어? 나도 너처럼 상상력이 많으면 좋겠어."

매슈와 성향이 비슷한 비평가인 다이애나가 한숨을 쉬었다.

"상상력은 기르면 생겨. 방금 좋은 생각이 하나 떠올랐어, 다이애나. 우리 둘이 이야기 클럽을 만들어서 글쓰기 연습을 하는 거야. 네가 혼자 할 수 있을 때까지 내가 도와줄게. 사람은 상상력을 길러야 하잖아. 스테이시 선생님이 그러셨어. 물론 방향을 잘 잡아야 하지만. 선생님께 '유령의 숲' 얘기를 했더니 그건 상상력을 잘못 발휘한 거라고 하셨거든."

앤이 격려를 담아 말했다.

그렇게 이야기 클럽이 탄생했다. 처음에는 다이애나와 앤이 전부였지만, 곧 제인 앤드루스와 루비 길리스가 가입했고, 상상력을 기르고 싶어 하는 아이들 한두 명이 더 들어왔다. 루비 길리스는 남자아이들도 들어오면 더 재미있을 거라고 했지만 남자아이들은 가입이 금지됐고, 모든 회원은 일주일에 이야기 한 편씩을 지어야 했다.

"얼마나 재밌는지 몰라요. 한 명 한 명 자기가 쓴 이야기를 큰 소리로 읽은 다음 다 같이 얘기를 나누거든요. 우린 그 이야기들을 소중하게 보관했다가 후손들에게 물려줄 거예요. 우린 다 필명을 지었어요. 제 필명은 로자먼드 몽모랑시예요. 전부 글을 꽤 잘 써요. 루비 길리스는 너무 감상적이지만요. 이야기에 사랑 장면을 너무 많이 넣는데, 지나친 건 부족한 것보다 못하잖아요. 제인은 그런 내용은 전혀 넣지 않아요. 큰 소리로 낭독할 때 너무 유치하게 들린대요. 그래서 제인의 이야기는 극도로 이성적이에요. 다이애나의 이야기엔 살인 장면이 너무 많이 나와요. 등장인물을 어떻게 해야 할지 모르겠으면 죽여서 없앤다지 뭐예요. 거의 언제나 제가 글쓰기 주제를 정해줘야 하지만, 제 머릿속엔 워낙 생각이 가득하니 어렵지 않아요."

앤이 마릴라에게 말했다.

"이야기를 짓는다는 건 여태까지 들은 일들 중에서도 가장 어리석은 짓이구나. 머릿속에 쓸데없는 생각만 꽉 들어차고 공부하는 데 쏟아야 할 시간만 낭비하게 될 게야. 이야기를 읽는 것도 탐탁지 않은데 이야기를 만드는 건 그보다 더 나쁘지."

마릴라가 비꼬았다.

"하지만 우린 모든 이야기에 교훈을 넣으려고 노력하고 있어요, 아주머니. 제가 그러자고 했어요. 착한 사람은 보상을 받고 나쁜 사람들은 그에 맞는 벌을 받고요. 그렇게 하면 틀림없이 좋은 영향을 받을 거예요. 교훈은 훌

룽한 거잖아요. 앨런 목사님이 그러셨어요. 제가 쓴 이야기 한 편을 목사님과 사모님께 읽어 드렸더니, 두 분 모두 훌륭한 교훈이 담겨 있다고 하셨어요. 웃긴 부분이 아닌 데서 웃으시긴 했지만요. 전 사람들이 우는 게 더 좋아요. 제가 애절한 대목을 읽을 때면 제인하고 루비는 거의 늘 울어요. 다이애나가 조세핀 할머니께 우리 클럽에 대한 이야기를 편지로 썼더니 할머니가 우리가 쓴 이야기를 몇 편 보내달라고 답장을 하셨대요. 그래서 제일 잘 쓴 글 네 편을 베껴서 보내드렸어요. 평생 그렇게 재미있는 글은 처음 읽어보셨다고 편지하셨어요. 저희는 약간 어리둥절해요. 왜냐하면 보내드린 이야기 네 편이 모두 아주 슬픈 내용이고 등장인물이 거의 다 죽거든요. 그래도 조세핀 할머니가 재미있게 읽으셨다니 기뻐요. 우리 클럽이 세상에 조금은 좋은 일을 하고 있다는 거잖아요. 앨런 사모님은 그게 모든 일에서 우리의 목표가 되어야 한다고 말씀하세요. 전 그러려고 정말 노력하긴 하는데, 재미있는 걸 할 때는 자꾸 까먹어요. 제가 이다음에 크면 앨런 사모님을 조금이라도 닮았으면 좋겠어요. 그럴 가능성이 있을까요, 아주머니?"

"가능성이 아주 많다고는 할 수 없지. 앨런 부인이 어려서 너처럼 엉뚱하고 잘 잊어 먹는 아이는 아니었을 테니 말이다."

마릴라는 자기 나름의 격려를 해주었다.

"맞아요. 하지만 사모님도 지금처럼 항상 착했던 건 아니래요. 사모님이 제게 직접 그러셨어요. 어릴 땐 못된 장난도 치고 어딜 가나 말썽을 피우셨다고요. 그 얘기에 얼마나 힘이 났는지 몰라요. 다른 사람이 못된 장난꾸러기였다는 말을 듣고 힘이 나면 아주 나쁜 건가요, 아주머니? 린드 아주머니는 그렇다고 하셨어요. 린드 아주머니는 누군가가 나쁜 짓을 했다는 소리를 들으면, 그게 아무리 어릴 적 얘기라도 늘 충격을 받으신대요. 한 번은 어떤 목사님이 어릴 때 친척 아주머니네 벽장에서 딸기 타르트를 훔쳤다고 고백하는 걸 듣고 다시는 그 목사님에게 존경심이 안 생기더래요. 그런데 전 생각이 달라요. 그걸 고백하신 건 정말 고귀한 행동이에요. 못된 짓을 하고 다니던 남자아이들이 자기들도 커서 목사님이 될 수 있다는 사실에 얼마나 큰 용기를 얻겠어요. 제 생각은 그래요, 아주머니."

앤이 진지하게 말했다.

"지금 내 생각은 말이다, 앤, 설거지를 벌써 끝냈어야
한다는 거다. 수다를 떨어대느라 평소보다 30분이 더 걸
렸구나. 일부터 먼저 하고 말은 나중에 하는 법을 좀 배
우렴."

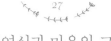

27

허영심과 마음의 고통

늦은 4월의 어느 저녁, 봉사회 모임을 다녀 오던 마릴라는 겨울이 가고 가슴 설레는 봄이 찾아왔다 는 것을 깨달았다. 봄은 늙고 슬픈 사람에게나 젊고 행복 한 사람에게나 똑같이 가슴 떨리게 하며 즐거움을 주었 다. 마릴라는 속으로 드는 생각이나 감정을 헤아려 살피 는 성격이 아니었다. 그래서 봉사회, 선교 기금, 교회 제 의실 바닥에 깔 새 양탄자 따위를 생각한다고 여겼지만, 이런 생각 밑에는 저무는 석양 아래 연보랏빛 안개가 휘 감은 붉은 들판이 있었다. 개울 너머 방목지 위로 길게 드리운 뾰족한 전나무 그림자와 거울처럼 투명한 연못 주위로 가만히 빨간 잎눈을 틔우는 단풍나무가 있었으며, 세상이 기지개를 켜는 소리와 잿빛 잔디 밑에 숨어 고동치는 새로운 생명의 소리 등이 한데 넘실댔다. 땅에는 봄기운이 완연했고, 중년인 마릴라의 진중한 발걸음도 마음 깊은 곳에서 우러나는 기쁨으로 유난히 가볍고 날렵했다.

마릴라는 우거진 나무 사이로 보이는 초록 지붕 집을 다정한 눈길로 바라봤다. 햇빛이 유리창에 반사되어 언뜻언뜻 아름답게 반짝였다. 마릴라는 질척거리는 길 위를 조심스럽게 걸으며, 장작불이 타닥타닥 타고 식탁에는 차가 멋지게 준비된 집에 돌아가는 게 얼마나 만족스러운지 생각했다. 앤이 초록 지붕 집에 오기 전에는 봉사회 모임이 끝나고 돌아가는 저녁 시간이 별로 큰 위안이 되지 못했다.

그 때문이었다. 부엌에 들어갔을 때 불이 꺼져 있고 앤도 보이지 않자, 마릴라는 실망감과 짜증이 밀려왔다. 앤에게 잊지 말고 5시까지 차를 준비해 놓으라고 일렀건만, 마릴라는 입고 있던 두 번째로 좋은 옷을 서둘러서 벗고 밭을 갈러 나간 매슈가 돌아오기 전에 손수 저녁을 차려야 했다.

"앤이 돌아오면 이 일을 짚고 넘어가야겠어."

마릴라가 엄하게 말하며, 팬스레 힘이 더 들어간 손으로 조각칼을 잡고 불쏘시개를 깎았다. 매슈가 집에 돌아와 평소에 앉던 모퉁이 자리에서 진득이 차를 기다렸다.

"소설을 쓰네, 연극 연습을 하네, 아니면 다른 허튼짓을 하면서 다이애나랑 어디를 쏘다니고 있을 거예요. 지금이 몇 시인지, 자기 할 일이 뭔지 생각도 못 하는 거죠. 당장 그만두게 해야겠어요. 앨런 부인은 앤처럼 귀엽고 영리한 아이는 본 적이 없다고 말하지만 알 게 뭐예요. 귀엽고 영리한지는 몰라도 머릿속에 허튼 생각이 가득해서, 다음에 또 무슨 짓을 벌일지 알 수가 없다니까요. 철 좀 드나 싶으면 금방 또 허튼 생각에 빠져들고. 맙소사! 오늘 봉사회에서 레이철이 이렇게 얘기해서 화가 났었는데 내가 똑같은 얘기를 하고 있네. 앨런 부인이 앤을 감쌀 땐 정말 고맙더군요. 앨런 부인이 아니었으면 다들 있는 자리에서 레이철과 한바탕했을 거예요. 앤이 부족한 게 많죠. 그건 나도 알고, 절대 아니라고도 안 해요. 하지만 앤을 키우는 건 레이철이 아니라 나라고요. 천사 가브리엘도 에이번리에 살면 레이철한테 약점을 안 잡히고는 못 배길걸요. 하지만 앤도 그래요. 내가 오후에는 집에 있으면서 이것저것 집안일 좀 하라고 했는데 이렇게 나가면 안 되죠. 단점이 많기는 해도 지금까지 말을 안 듣거나 못 미덥지는 않았는데, 오늘 이런 모습은 정말 속상해요."

"글쎄다. 난 잘 모르겠다."

매슈는 참을성이 많고 현명하기도 했지만 무엇보다 배가 고팠기 때문에, 마릴라가 마음껏 화를 분출하도록 가만히 있는 게 최선이라고 여겼다. 괜한 말다툼으로 시간만 끌지 않으면 마릴라는 무슨 일이든 훨씬 더 빨리 처리한다는 것을 경험으로 알고 있었다.

"너무 성급하게 판단하는 건지도 몰라, 마릴라. 그 애가 정말로 네 말을 듣지 않았다는 걸 확인할 때까지는 믿지 못할 아이라는 말은 하지 마라. 아마 이유가 있겠지. 앤은 설명을 아주 잘하니까."

"나가지 말라고 했는데 나갔잖아요. 날 만족시킬 만한 설명을 찾기 힘들 거예요. 물론 오라버니는 그 애 편이겠죠. 하지만 앤을 교육시키는 건 오라버니가 아니라 나라고요."

마릴라가 반박했다.

날이 어두워져서야 저녁 준비가 다 되었다. 하지만 통나무 다리나 '연인의 오솔길'을 헐레벌떡 뛰어와서 할 일에 소홀했다며 뉘우쳐야 할 앤은 여전히 나타날 기미가 보이지 않았다. 마릴라는 단단히 화난 모습으로 설거지를 하고 그릇을 치웠다. 그러고는 지하실에 들고 내려갈 촛불이 필요해서 앤의 탁자에 세워둔 초를 가지러 다락방으로 올라갔다. 촛불을 켜고 돌아서던 마릴라는 베개 사이에 얼굴을 묻은 채 침대에 누워 있는 앤을 발견했다.

마릴라는 깜짝 놀랐다.

"에구머니나. 자고 있었니, 앤?"

"아니요."

들릴락 말락 한 목소리였다.

"그럼 어디 아프니?"

마릴라가 걱정스럽게 물으며 침대로 다가갔다.

앤은 사람들의 눈을 영원히 피하고 싶은 사람처럼 베개 속으로 더 깊이 몸을 웅크렸다.

"아니에요. 아주머니, 제발 저를 보지 말고 나가 주세요. 전 절망의 수렁에 빠졌어요. 반에서 누가 1등을 하는지, 누가 글을 제일 잘 쓰는지, 주일학교 성가대에서 노래를 부를지 말지 이젠 상관없어요. 그런 사소한 일들은 전혀 중요하지 않아요. 전 이제 더 이상 아무 데도 가지 못할 테니까요. 제 인생은 끝났어요. 제발요, 아주머니, 절 쳐다보지 말고 나가 주세요."

"별소릴 다 듣겠구나. 앤 셜리, 도대체 왜 그러니? 뭘 어떻게 한 게냐? 얼른 일어나 앉아 말해 봐라. 얼른. 자, 왜 그러니?"

마릴라가 어리둥절해서 무슨 일인지 물었다.

앤이 어쩔 수 없이 바닥으로 내려오더니 속삭였다.

"제 머리를 보세요, 아주머니."

마릴라는 초를 들어 등 뒤로 늘어진 숱 많은 머리를 유심히 살폈다. 확실히 아주 이상해 보였다.

"앤 셜리, 머리를 어떻게 한 거니? 저런, 초록색이잖아!"

세상에 존재하는 색깔 중에서 굳이 이름을 붙이자면 초록색이라고 할 수 있었다. 오묘하고 칙칙한 밤색이 도는 초록 머리에 여기저기 원래의 빨강 머리가 얼룩덜룩 남아 있어 한층 더 기괴한 느낌이었다. 마릴라는 눈앞의 앤이 하고 있는 머리처럼 기이한 모양은 평생 본 적이 없었다.

"네, 초록색이에요. 빨강 머리처럼 싫은 건 없을 줄 알았어요. 하지만 초록색 머리는 그보다 열 배는 더 끔찍해요. 아, 아주머니, 제가 얼마나 비참한지 모르실 거예요."

앤이 신음을 흘리듯 말했다.

"어쩌다 이 꼴이 됐는지 모르겠다만 이유라도 들어 보자. 여긴 너무 추우니까 당장 부엌으로 따라와. 내려와서 무슨 짓을 한 건지 말하거라. 내 언젠가 엉뚱한 일을 벌일 줄은 알고 있었다. 두 달 동안 말썽도 없이 잠잠해서 곧 무슨 일을 내겠구나 생각했지. 자, 그래, 머리에 무슨 짓을 한 게냐?"

"물을 들였어요."

"물을 들이다니! 염색을 했다는 거냐? 앤 셜리, 그게 나쁜 짓이란 걸 몰랐니?"

"조금 나쁘다는 건 알고 있었어요. 하지만 빨강 머리만 없앨 수 있다면 조금 나쁜 일은 괜찮다고 생각했어요. 전 대가를 치렀어요, 아주머니. 이게 아니래도 나쁜 행동을 보상하려고 다른 부분에서 특별히 더 착한 아이가 될 생각이었어요."

앤은 솔직히 털어놓았다.

"글쎄다. 만약 내가 머리를 염색한다면 그것보단 좀 더 괜찮은 색으로 했을 게다. 초록색으로 하진 않았을 거야."

마릴라가 비꼬며 말했다. 앤이 풀죽은 소리로 항변했다.

"저도 초록색으로 하려던 건 아니었어요, 아주머니. 이왕 나쁜 행동을 할 거면 나름 보람이 있었으면 했어요. 그 사람은 제 머리가 칠흑같이 까맣게 될 거라고 했단 말이에요. 분명히 그렇게 말했어요. 어떻게 제가 그 말을 믿지 않을 수 있겠어요, 아주머니? 누가 내 말을 의심하면 기분이 어떤지 잘 아는데 말이에요. 앨런 사모님도 증거도 없이 '저 사람 말은 진실이 아닐 거야' 하고 의심하면 절대 안 된다고 하셨어요. 지금은 증거가 있지만요. 초록색 머리가 증거니 누가 봐도 알 수 있죠. 하지만 그때는 증거가 없었으니까, 그 사람 말을 무조건 다 믿었단 말이에요."

"그 사람이 누구니? 누가 그랬다는 게냐?"

"오후에 여기 왔던 행상인요. 그 사람한테 얘기를 듣고 염색약을 샀거든요."

"앤 셜리, 이탈리아 사람은 절대 집에 들여선 안 된다고 몇 번을 말했니! 그런 사람이 집 근처에 얼씬거리게 두면 안 돼."

"아, 집에 들어오라고 하진 않았어요. 아주머니가 하신 말씀이 생각나서 문을 잘 닫고 제가 밖으로 나갔죠. 그러고는 계단에서 물건들을 구경했어요. 그리고 그 사람은 이탈리아인이 아니라 독일계 유대인이었어요. 커다란 상자에 정말 재미난 물건들이 가득했는데, 아내와 아이들을 독일에서 데려오려면 열심히 일해서 돈을 많이 벌어야 한대요. 그 사람이 너무 감정에 북받쳐 말하는 바람에 제가 감동을 받았거든요. 그렇게 중요한 목표가 있다니 도와주고 싶어서 뭔가를 사려고 한 거고요. 그런데 머리 염색약이 눈에 딱 들어온 거예요. 행상인은 그게 어떤 머리든 칠흑같이 까맣고 아름다운 머리로 물들이고, 색이 빠지지도 않는다고 장담했어요. 순간 칠흑같이 까만 아름다운 머리를 한 제 모습이 눈앞에 어른거려서 유혹을 뿌리칠 수가 없었어요. 약값도 70센트였는데 그 사람이 제가 50센트밖에 없는 걸 알고 그것만 받겠다고 했고요. 정말 친절한 사람이라고 생각했죠. 그 값이면 거저 주는 거나 마찬가지라고 했거든요. 그렇게 그 약을 샀고, 행상인이 가자마자 여기로 와서 설명서대로 낡은 머리빗으로 염색약을 발랐어요. 약 한 병을 다 썼는데, 아, 아주머니, 제 머리색이 끔찍하게 바뀐 걸 보고 나쁜 짓을 한 걸 후회했어요. 지금까지도 계속 잘못을 뉘우치고 있어요."

"그래, 제대로 뉘우치면 좋겠구나. 그리고 눈을 크게 뜨고 네 허영심이 어떤 결과를 가져왔는지 똑바로 보렴, 앤. 그런데 이걸 어쩌면 좋으냐. 우선 머리를 감고 색이 좀 빠지는지 보자꾸나."

마릴라가 엄하게 말했다.

앤이 아무리 비누칠을 해서 머리를 박박 감아도, 원래 머리에서 빨간 물이 빠지지 않는 것처럼 초록 물도 빠지지 않았다. 다른 말은 다 거짓이었는지 몰라도 물이 빠지지 않는다는 행상인의 말은 사실이었다. 앤은 눈물을 흘렸다.

"아, 아주머니, 어쩌죠? 머리색을 돌아오게 할 수 없나 봐요. 제가 저지른 다른 실수들, 그러니까 케이크에 진통제를 넣은 일이나 다이애나를 취하게 했던 일, 린드 아주머니한테 대들었던 일은 쉽게 잊겠죠. 하지만 사람들도 이건 절대 잊지 못할 거예요. 제가 얌전치 못한 아이라고 생각할 거예요. 아, 아주머니, '첫 번째 거짓말을 할 때 우리가 치는 거미줄은 얼마나 복잡하게 얽히는가.'* 이건 시의 한 구절이지만, 맞는 말이에요. 아아, 조시 파이가 또 얼마나 비웃을까요! 아주머니, 전 조시 파이를 못 볼 것 같아요. 전 프린스에드워드 섬에서 가장 불행한 아이예요."

앤의 불행은 일주일 동안 계속됐다. 그동안 앤은 아무 데도 가지 않고 매일 머리를 감았다. 집 밖에서는 다이애나만 이 치명적인 비밀을 알았는데 아무에게도 말하지 않겠다고 엄숙히 약속했고, 그 약속을 잘 지켰다. 일주일이 지나자 마릴라는 결심을 굳혔다.

"안 되겠다, 앤. 이건 아주 강력한 염색약인가 보구나. 머리를 잘라야겠다. 달리 방법이 없겠어. 이런 꼴을 해가지고 밖을 나다닐 순 없잖니."

앤이 입술을 바르르 떨었지만 마릴라의 말이 맞다는 것을 뼈에 사무치게 느꼈다. 앤은 울적한 표정으로 한숨을 쉬며 가위를 가져왔다.

"한 번에 잘라 주세요, 아주머니. 얼른 끝내게요. 아, 마

* 월터 스콧의 서사시 〈마미온〉의 한 구절

음이 찢어지는 거 같아요. 이건 정말 낭만적이지 않은 고통이에요. 책에 나오는 여자들은 열병을 앓거나 머리카락을 팔아서 좋은 일을 할 때만 머리를 자르거든요. 저도 그런 비슷한 이유로 자르는 거라면 아무렇지도 않을 텐데. 머리를 끔찍한 색으로 염색하는 바람에 자르다니, 위로삼을 게 아무것도 없잖아요. 방해가 안 된다면 머리를 자르시는 동안 좀 울게요. 너무 비극적이잖아요."

앤은 머리를 자르는 내내 울었다. 그리고 다락방에 올라가 거울을 보니 절망감에 눈물조차 멈췄다. 마릴라는 앤의 머리를 최대한 바짝 쳐냈다. 아무리 좋게 말하려고 해도 도무지 어울리지 않았다. 앤은 거울을 얼른 벽 쪽으로 돌렸다.

"머리가 자랄 때까지 절대로, 절대 다시는 거울을 안 볼 거야."

앤이 힘주어 말했다. 그러다가 갑자기 거울을 원래대로 바로잡았다.

"아니야, 그래도 볼 거야. 그런 나쁜 짓을 저지른 걸 속죄할 거야. 방에 들어올 때마다 거울을 보고 내 모습이 얼마나 흉한지 확인할 거야. 다른 모습을 상상하려고 노력하지도 않을래. 다른 것도 아니고 머리카락에 허영심이 있다고는 한 번도 생각하지 않았는데, 이제 보니 있었던 거 같아. 빨간색이긴 해도 길고 숱이 많고 곱슬거렸잖아. 다음번엔 코도 어떻게 되는 건 아니겠지.”

　다음 주 월요일, 앤이 머리를 자른 모습으로 학교에 나타나자 학생들 사이에서 큰 화젯거리가 되었지만 다행히 아무도 머리를 자른 진짜 이유를 짐작하지 못했다. 조시 파이는 이유를 눈치채지 못했지만, 앤에게 꼭 허수아비처럼 보인다고 어김없이 한마디를 던지기는 했다.

　그날 저녁 앤은 두통이 지나간 뒤 소파에 누워 있던 마릴라에게 털어놓았다.

　“조시가 그런 소릴 했지만 전 아무 말도 안 했어요. 그런 소릴 듣는 것도 제가 받을 벌 가운데 하나라고 여겼고, 꾹 참고 견뎌야 한다고 생각했거든요. 허수아비 같다는 말을 듣기가 힘들어서 저도 뭐라고 대꾸해 주고 싶었지만 하지 않았어요. 그냥 무시하는 얼굴로 한 번 쳐다보았을 뿐, 그 애를 용서했어요. 누군가를 용서하면 제가 굉장히 좋은 사람이 된 것처럼 느껴져요. 이제부터는 착한 사람이 되도록 힘껏 노력할 거예요. 아름다워지겠다는 생각은 다시는 안 할래요. 당연히 착한 사람이 되는 게 더 좋죠. 저도 알지만, 가끔은 알면서도 믿기 힘들 때가 있어요. 저도 아주머니처럼, 그리고 앨런 사모님이나 스테이시 선생님처럼 정말로 좋은 사람이 되고 싶어요. 그래서 이다음에 아주머니에게 자랑스러운 사람이 되고 싶어요. 다이애나는 저더러 머리가 다시 자라면 까만 벨벳 끈을 둘러서 한쪽에 리본을 묶으래요. 그럼 잘 어울릴 것 같다면서요. 전 그걸 스누드*라고 부를래요. 아주 낭만적인 이름이잖아요. 제가 너무 떠들었나요, 아주머니? 두통에 안 좋을까요?”

“두통은 이제 많이 나았다. 오후에 몹시 아프긴 했지. 두통이 갈수록 심해지는구나. 의사를 한번 찾아가긴 해야겠어. 네 수다는 별로 신경 쓰이지 않아. 이제 익숙해진 게지.”

앤의 수다를 듣는 게 즐겁다는 말을 마릴라는 이렇게 표현했다.

* 스코틀랜드의 미혼 여성들이 하던 리본 달린 머리띠

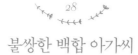

28

불쌍한 백합 아가씨

"당연히 네가 일레인*을 맡아야지, 앤. 난 저 아래로 떠내려갈 용기가 안 나."

다이애나가 말했다.

"나도 그래. 둘이나 셋이 같이 배에 타고 가는 건 괜찮아. 재미있을 거야. 하지만 혼자 누워서 죽은 척하는 건…… 난 못해. 무서워서 정말 죽을 지도 몰라."

---

* 〈아서 왕 이야기〉 속 여인으로, 앨프리드 테니슨의 시 〈국왕 목가〉에도 등장한다.

루비 길리스가 몸서리를 쳤다.

"물론 낭만적이겠지. 하지만 난 가만히 못 있을 거야. 어디까지 왔는지, 너무 멀리 떠내려온 건 아닌지 보느라고 계속 머리를 들 게 분명해. 그럼 느낌이 안 살잖아, 앤."

제인 앤드루스도 동의했다.

"하지만 빨강 머리 일레인은 너무 웃기잖아. 난 떠내려가는 것도 겁나지 않고 일레인이 정말 되고 싶어. 그래도 역시 내가 하는 건 우스워. 루비가 일레인이어야 해. 루비는 피부도 정말 하얗고 머리도 이렇게 길고 아름다운 금발이잖아. 일레인은 '눈부신 금발을 물결처럼 늘어뜨렸다'라고 되어 있거든. 그리고 일레인은 백합 아가씨야. 봐, 빨강 머리는 백합 아가씨가 될 수 없어."

앤이 한탄스레 말했다.

"네 얼굴색은 루비만큼 하얗잖아. 그리고 머리색도 자르기 전보다 훨씬 더 짙어졌어."

다이애나가 진지하게 말했다.

"와, 정말 그래 보여? 그런 거 같다는 생각이 가끔 들긴 했는데, 다른 사람들은 아니라고 할까 봐 물어볼 엄두가 안 났거든. 이제 적갈색이라고 해도 될 거 같니, 다이애나?"

앤이 붉어진 얼굴로 기쁜 마음을 고스란히 드러내며 소리쳤다.

"그래. 그리고 정말 예뻐 보여."

다이애나가 앙증맞은 검은색 벨벳 리본 머리띠를 한 앤의 짧고 부드러운 곱슬머리를 감탄스럽게 쳐다봤다.

아이들이 모여 있는 곳은 과수원집 아래 연못의 둑 위였다. 자작나무로 에워싸인 조그마한 땅이 둑에서 연못 쪽으로 튀어나와 있고, 그 끝에는 낚시꾼과 오리 사냥꾼이 이용할 수 있도록 작은 나무 발판이 물 위로 올라와 있었다. 루비와 제인이 다이애나와 함께 한여름 오후 시간을 보내고 있었고 앤도 같이 놀려고 온 참이었다.

그해 여름 앤과 다이애나는 연못 주변에서 대부분의 시간을 보냈다. '한적한 숲'은 지나간 추억이 되었다. 벨 씨가 봄에 집 뒤쪽 방목지에 동그랗게 둘러 자라던 나무들을 사정없이 벤 것이다. 앤은 그루터기 사이에 앉아 눈물을 흘리며 낭만적인 기억들을 떠올려 보기도 했다. 하지만 금방 눈물을 털고 일어섰다. 다이애나와 입을 모아 말했지만, 곧 열네 살이 되는 열세 살 다 큰 여자아이들에게 놀이집 같은 장난은 이제 유치했고 연못 주변에는 마음을 단숨에 잡아끄는 놀잇감이 훨씬 더 많았기 때문이다. 다리 위에서 송어를 잡는 것도 재미있었고, 배리 씨에게 오리 사냥을 나갈 때 타는 바닥이 평평한 작은 배를 타고 노 젓는 법도 배웠다.

일레인 이야기를 연극으로 옮겨 보자는 것은 앤의 발상이었다. 지난해 아이들은 학교에서 테니슨의 시를 공부했다. 교육감이 프린스에드워드 섬에 있는 모든 학교의 영어 과정에 테니슨의 시를 포함시키도록 했기 때문이다. 학교에서는 작품을 조각조각 해체해서 분석하느라 전체적인 의미 같은 건 증발되었다. 하지만 적어도 금발의 백합 아가씨와 랜슬럿, 기네비어, 아서 왕은 아이들에게 생생한 실존 인물처럼 다가왔고 앤은 캐멀롯에서 태어나지 못한 것을 남몰래 아쉬워했다. 앤은 그때가 지금보다 훨씬 더 낭만적이었다고 말했다.

앤의 계획에 모두 열광했다. 여자아이들은 나루터에서 배를 밀면 물살을 타고 다리 밑을 지난 다음, 연못이 굽어지는 쪽으로 튀어나온 얕은 땅에 닿는다는 것을 알고 있었다. 배를 타고 그렇게 자주 내려가 봤기 때문에 일레인

연극에 안성맞춤이었다.

"그럼, 내가 일레인을 할게."

앤이 마지못해 한발 물러섰다. 주인공 역할을 맡는 건 기뻤지만, 자신의 예술적 감각으로 볼 때 일레인과 꼭 맞는 사람이 그 역을 해주기를 바랐다. 자신은 한계가 있어서 안 된다는 생각이 들었다.

"그럼 루비, 네가 꼭 아서 왕을 맡아야 해. 제인은 기네비어, 다이애나는 랜슬럿인 거야. 하지만 시작할 땐 일레인의 아버지와 오빠들 역할부터 해야 해. 말 못하는 늙은 하인 역은 빼야겠어. 배에 한 사람이 누우면 다른 사람이 탈 자리가 없거든. 금실이 들어간 검은 천으로 배 전체를 다 덮어야 해. 너희 엄마가 하시던 오래된 검정 숄이면 딱 맞을 거야, 다이애나."

다이애나가 검은 숄을 가져오자 앤은 활짝 펴서 배를 덮은 다음, 그 위에 누워 눈을 감고 두 손을 가슴 위로 모았다.

루비 길리스가 살랑대는 자작나무 그늘 아래 미동도 없는 작고 하얀 얼굴을 내려다보며 불안한 듯 작게 속삭였다.

"아, 정말 죽은 것처럼 보여. 무서워, 애들아. 우리 이런 거 해도 될까? 린드 아주머니 말이 연극은 죄다 아주 나쁜 짓이랬는데."

"루비, 린드 아주머니 얘기를 하면 안 돼. 지금은 린드 아주머니가 태어나기 몇백 년 전이란 말이야. 네가 그러면 분위기가 깨지잖아. 제인, 나머지는 네가 해 줘. 일레인은 죽었는데 말을 하면 웃기잖아."

앤이 가차 없이 말했다.

제인이 나머지 일들을 잘 처리했다. 황금빛 덮개는 없었지만 노란색 일본 비단으로 만든 낡은 피아노 덮개가 훌륭히 그 자리를 대신했다. 하얀 백합을 구할 수 있는 철이 아니라서 기다란 파란 붓꽃 한 송이를 가지런히 모은 앤의 손 위에 올리자, 바라던 느낌이 고스란히 살아났다.

"자, 준비됐어. 우린 일레인의 평온한 이마에 입을 맞춰야 해. 다이애나, 네가 '누이여, 영원히 안녕'이라고 하고, 루비는 '안녕, 사랑스런 누이여'라고 말하는 거야. 둘 다 되도록 아주 슬프게 해야 해. 앤, 제발 살짝 웃어. 일레인은 '미소를 짓듯 누워 있었다'라고 되어 있잖아. 그래, 좀 낫다. 자, 이제 배를 밀자."

제인이 말했다.

그렇게 배는 물밑에 박혀 있던 오래된 말뚝에 거칠게 부딪혀 긁히며 앞으로 밀려갔다.

다이애나와 제인과 루비는 한참을 기다려 배가 물살을 타고 다리 쪽으로 방향을 잡는 것을 확인한 다음, 힘껏 달려 숲을 지나고 길을 건너 연못 아래 길게 뻗어 나온 땅으로 향했다. 그곳에서 세 사람은 랜슬럿과 기네비어, 아서 왕이 되어 백합 아가씨를 맞을 준비를 해야 했다.

앤은 천천히 떠내려가던 몇 분 동안 이 낭만적인 상황을 한껏 즐겼다. 그러다가 낭만과는 거리가 먼 상황이 벌어졌다. 배에 물이 차기 시작한 것이다. 불과 몇 분 만에 일레인은 허둥지둥 일어나 황금 덮개와 검은 관보를 들어 올리고 배 바닥에 큰 틈이 생겨 말 그대로 물이 쏟아져 들어오는 광경을 망연히 바라봐야 했다. 나루터에 있던 뾰족한 말뚝이 배 바닥에 큰 틈을 만든 거였다. 물론 앤은 거기까지는 알지 못했지만 자신이 위험에 처했다는 것은 금방 알아차렸다. 이대로라면 배는 연못 아래에 닿기 훨씬 전에 물이 차서 가라앉을 터였다. 노가 어디 있지? 나루터에 두고 왔잖아!

앤이 숨을 헐떡이며 비명을 질렀지만 그 소리는 어디에도 닿지 못했다. 앤은 입술까지 하얗게 질려서도 침착함을 잃지 않았다. 방법은 오직 하나뿐이었다.

다음 날 앤은 앨런 부인에게 이렇게 말했다.

"얼마나 무서웠는지 몰라요. 배가 다리까지 흘러가는데 물은 계속 차오르고, 그 시간이 몇 년은 되는 것 같았어요. 앨런 사모님, 전 정말 진심을 다해 기도했지만 기도하는 동안 눈은 감지 않았어요. 하느님이 저를 구해 주실 유일한 방법이, 배가 다리에 가까워졌을 때 기둥을 붙잡고 매달리는 것밖에 없다는 걸 알고 있었거든요. 다리 기둥은 오래된 나무줄기로 만들어서 마디랑 옹이 같은 게 많잖아요. 기도도 해야 했지만 앞도 잘 지켜봐야 했어요. '하느님 아버지, 제발 배가 기둥 쪽으로 가게 해 주세요. 그다음엔 제가 알아서 할게요'라고만 몇 번을 되뇌었어요. 그런 상황에서는 기도를 멋지고 화려하게 꾸밀 생각 같은 건 잘 안 나거든요. 그래도 하느님이 제 기도를 들어주셨어요. 배가 기둥에 정면으로 부딪혀서 잠깐 서 있었던 덕분에, 스카프랑 숄을 얼른 어깨에 걸친 다음 천만다행으로 튀어나와 있던 커다란 옹이에 재빨리 올라갔어요.

그렇게 전 올라갈 데도, 내려갈 데도 없는 미끄러운 다리 기둥에 매달려 있었어요, 앨런 사모님. 정말 낭만적이지 않은 자세였지만 그땐 그런 생각도 안 들더라고요. 물에 빠져 죽을 뻔한 순간에 낭만을 생각할 겨를이 있겠어요. 전 얼른 감사의 기도를 올리고 나서 기둥을 꽉 붙잡는 데만 전념했어요. 다시 마른땅을 밟으려면 누군가 나타나서 도와줘야 한다는 걸 알고 있었으니까요."

배는 다리 밑을 지나 떠내려가다 눈 깜짝할 새에 물속으로 가라앉았다. 미리 연못 아래쪽으로 가서 기다리던 루비와 제인, 다이애나는 눈앞에서 배가 사라지는 광경을 보고 앤이 배와 함께 물속으로 가라앉은 줄 알았다. 한동안 세 아이는 눈앞의 비극을 보고 공포로 얼어붙어 종잇장처럼 하얗게 질린 채 미동도 없이 서 있었다. 그러다 다음 순간 목청껏 비명을 지르며 미친 듯이 뛰어 숲을 지났고, 다리 쪽은 눈길도 주지 않은 채 큰길을 한 번도 멈추지 않고 내달렸다. 나무옹이를 위태롭게 딛고 죽을힘을 다해 기둥에 매달린 앤은 친구들이 황급히 달리는 모습을 보았고 비명을 지르는 소리를 들었다. 곧 도와줄 사람이 올 터였지만 자세가 너무도 불편했다.

몇 분이 지났다. 불쌍한 백합 아가씨에게는 일 분이 한 시간 같았다. 왜 아무도 안 오지? 아이들은 어디로 간 걸까? 전부 기절했나 봐! 아무도 오지 않을 건가 봐! 점점 힘이 빠지고 쥐가 나서 더는 매달려 있지 못할 것 같아! 앤은 매끈하니 긴 그림자가 너울대는 초록빛 심연을 내려다보며 몸을 떨었다. 온갖 섬뜩한 결말들이 머릿속에 펼쳐졌다.

팔과 손목이 아파 더는 버티지 못하겠다고 생각하던 그때, 길버트 블라이드가 하먼 앤드루스 씨네 배를 타고 다리 밑으로 노를 저어왔다!

길버트는 흘깃 위를 올려다보고 깜짝 놀랐다. 무시하는 듯한 표정의 작고 하얀 얼굴이 겁에 질린, 하지만 여전히 도도한 커다란 잿빛 눈으로 자신을 내려다보고 있었다.

"앤 셜리! 도대체 거기서 뭐하는 거야?"

길버트가 소리쳤다. 그리고 앤의 대답을 기다리지 않고 기둥 쪽으로 배를 몰아 손을 내밀었다. 다른 방법이 없었다. 앤은 길버트 블라이드의 손을 잡고 재빨리 배 위로 내려와서는 물이 뚝뚝 떨어지는 숄과 젖은 스카프를 안고 배 뒤쪽으로 가서 앉았다. 앤은 흙탕물에 흠뻑 젖은 채

잔뜩 화난 얼굴이었다. 이런 상황에서 점잔을 부리기는 대단히 어려웠다.

"어떻게 된 거야, 앤?"

길버트가 다시 노를 저으며 물었다.

"일레인 연극을 하고 있었어. 난 배에 실려서 캐멀롯까지 떠내려가던 중이었고. 그런데 배에 물이 새는 바람에 기둥에 매달려 있었던 거야. 애들이 도와줄 사람을 찾으러 갔어. 미안하지만 나루터까지 좀 데려다 줄래?"

앤이 자신을 구해 준 길버트에게 눈길 한번 주지 않고 냉담하게 말했다. 길버트는 친절하게도 나루터까지 데려다 줬고, 앤은 길버트가 내민 손을 무시하며 재빨리 물가로 뛰어내렸다.

"정말 고마워."

앤이 도도하게 몸을 돌렸다. 하지만 길버트도 날렵하게 배에서 뛰어나와 앤의 팔을 잡았다.

"앤, 나 좀 봐. 우리 좋은 친구로 지내면 안 될까? 예전에 네 머리를 가지고 놀린 건 정말 미안해. 널 화나게 하려던 건 아니야. 그냥 장난이었어. 그리고 이제 오래전 일이잖아. 지금은 네 머리가 아주 예쁘다고 생각해. 정말이야. 우리 친구로 지내자."

길버트가 급하게 말을 꺼냈다.

잠깐 동안 앤은 망설였다. 상처 입은 자존심 이면에서 수줍은 듯 간절한 길버트의 적갈색 눈이 참 보기 좋다는 이상하고 새로운 자각이 눈을 떴다. 앤의 심장이 이상하게 조금씩 두근거렸다. 그러나 오래전 느꼈던 분노가 씁쓸하게 되살아나면서 앤은 흔들리던 결심을 얼른 다잡았다. 2년 전의 그 장면이 마치 어제 일처럼 생생하게 떠올랐다. 길버트는 앤을 '홍당무'라고 불렀고 전교생 앞에서 망신을 주었다. 다른 사람이나 나이 든 사람들이라면 웃어넘겼을지도 모르지만, 앤의 분노는 시간이 흘러도 적어도 겉으로는 조금도 가라앉거나 누그러들 줄 몰랐다. 앤은 길버트 블라이드가 미웠다! 절대로 용서할 수 없었다!

앤은 차갑게 말했다.

"싫어. 너랑은 친구로 지내지 않을 거야, 길버트 블라이드. 그러고 싶지 않아!"

"좋아! 나도 다시는 친구 하자고 부탁하지 않을게, 앤 셜리. 나도 이제 필요 없어!"

길버트는 화가 나서 벌겋게 달아오른 얼굴로 배에 뛰

어오르더니, 거칠게 노를 저어 금세 멀어졌다.

앤은 단풍나무 아래로 고사리가 핀 좁고 가파른 길을 올라갔다. 머리를 꼿꼿이 들었지만 이상한 후회가 밀려왔다. '길버트에게 그렇게 말하지 말걸' 하는 생각마저 들었다. 물론 길버트는 앤에게 잊지 못할 수치를 안겼다. 하지만 그래도! 앤은 차라리 주저앉아 실컷 울고 싶은 심정이었다. 겁에 질려 쥐가 나도록 매달려 있던 탓에 기운이 하나도 없었다.

길을 반쯤 올라갔을 때, 다시 연못 쪽으로 미친 듯이 달려오던 제인과 다이애나를 만났다. 아이들이 과수원집으로 달려갔지만 다이애나 부모님은 밖에 나가고 집에 아무도 없었다. 루비 길리스는 예민해질 대로 예민해져 있어서 혼자 진정하도록 두고, 제인과 다이애나가 '유령의 숲'을 지나 개울 건너 초록 지붕 집으로 뛰어갔다. 하지만 마릴라는 카모디로 나가고 매슈는 뒷마당에서 건초를 말리고 있었던 탓에 아무도 만나지 못했다.

"아, 앤!"

다이애나가 숨을 헐떡이며 앤의 목을 꼭 끌어안고 안도와 기쁨에 눈물을 흘렸다.

"아, 앤, 우린…… 우린 네가…… 물에 빠져 죽은 줄 알았어……. 우리가 널 죽인 거 같아서…… 우리가 너한테…… 너한테 일레인을 시켰잖아. 루비는 제정신이 아니야. 아, 앤, 어떻게 빠져나왔어?"

"다리 기둥에 매달려 있었어. 길버트 블라이드가 하면 앤드루스 씨네 배를 타고 가다가 나를 보고 뭍에 데려다줬어."

앤이 기진맥진해진 상태로 말했다.

"와, 앤, 길버트는 정말 멋있어! 아, 너무 낭만적이야! 그럼 오늘 이후로 길버트와 말을 하겠네."

제인이 겨우 숨을 돌리고 끼어들었다.

순간적으로 앤이 예전의 감정이 되살아난 듯 발끈했다.

"아니, 안 할 거야. 그리고 그 '낭만'이란 말은 다신 하지 말아 줘, 제인 앤드루스. 너희를 놀라게 해서 정말 미안해, 얘들아. 다 내 잘못이야. 난 불운한 별자리를 타고 태어났나 봐. 하는 일마다 나쁜 뿐 아니라 친구들까지 말썽에 휘말리게 하잖아. 다이애나, 너희 아버지 배가 가라앉아 버렸어. 이제 다시는 연못에서 배를 못 타게 하실 것 같은 예감이 들어."

앤의 예감은 어느 때보다 정확하게 들어맞았다. 이날 오후의 사건을 알게 된 배리 씨네 집과 커스버트 씨네 집 사람들은 소스라치게 놀랐다.

"언제 철이 들기는 하는 거니, 앤?"

마릴라가 목소리를 낮게 깔고 말했다.

"아, 그럼요. 그럴 거예요, 아주머니. 이번엔 정신 차릴 가능성이 어느 때보다 더 큰 것 같아요."

앤이 낙천적으로 대답했다. 아무도 없는 다락방에서 실컷 울고 난 뒤 마음이 진정된 앤은 평소처럼 밝은 기운을 되찾았다.

"어째서 말이냐?"

"음, 오늘 소중한 교훈을 새로 배웠어요. 초록 지붕 집에 온 뒤로 실수를 많이 저질렀지만, 실수 하나하나가 큰 단점을 고치는 데 도움이 됐거든요. 자수정 브로치 사건 때는 남의 물건을 기웃거리는 버릇을 고쳤고요. '유령의 숲' 때는 상상력이 지나치면 안 된다는 걸 배웠어요. 진통제 케이크로 요리할 때 부주의했던 습관을 고칠 수 있었고, 머리를 염색한 뒤로는 제 허영심을 돌아보게 되었잖아요. 전 이제 머리나 코에 대해 생각하지 않아요. 하긴 해도 거의 안 하는 편이죠. 오늘 실수 덕분에 이제는 너무 낭만만 좇는 버릇을 고치게 됐어요. 에이번리에서 낭만을 찾는 건 아무 소용없다는 결론을 내렸거든요. 수백 년 전 캐멀롯의 성안에서라면 쉬웠을지 몰라도, 요즘 세상에 낭만은 어울리지 않아요. 이런 점에서 곧 제가 크게 달라진 모습을 보시게 될 거예요, 아주머니."

"제발 그랬으면 좋겠구나."

마릴라가 반신반의했다.

그러나 구석 자리에 말없이 앉아 있던 매슈는 마릴라가 자리를 뜬 뒤 앤의 어깨에 손을 얹으며 수줍은 듯 나지막이 속삭였다.

"너의 낭만을 다 버리진 마라, 앤. 낭만이 조금 있는 건 좋은 거란다. 물론 너무 많으면 곤란하지. 하지만 조금은 남겨두렴. 조금은 말이다."

29

앤의 삶에 획기적인 사건이 일어나다

앤은 집 뒤쪽 방목장에서 '연인의 오솔길'을 따라 소를 몰고 집으로 돌아오고 있었다. 9월 저녁, 진홍빛 석양이 숲속 틈새와 공터마다 가득 들어찼다. 오솔길에도 여기저기 빛줄기가 내려앉았지만 대부분은 단풍나무 그림자에 덮여 어둑했고, 전나무 아래는 투명한 포도주 같은 맑은 자줏빛 황혼으로 물들었다. 전나무 꼭대기를 스친 바람이 불어 내렸다. 전나무가 만들어내는 저녁 바람 소리는 이 세상 어떤 음악 소리보다 더 아름다웠다.

소들은 길을 따라 얌전히 걸었고, 앤은 꿈꾸듯 그 뒤를 따라가며 〈마미온〉*에서 전투 장면을 묘사한 대목을 거듭 소리 내어 읊었다. 스테이시 선생님은 지난겨울 영어 시간에 이 시를 아이들에게 외우게 했다. 앤은 병사들이 열을 지어 돌격하고 창과 창이 격돌하는 장면을 머릿속에 그리며 승리라도 한 듯 환희에 휩싸였다.

> 불굴의 창병들은 패배를 모르네
> 무너지지 않을 그들의 검은 숲이여

이 대목에서 앤은 황홀경에 빠져 걸음을 멈추고 눈을 감은 채 서사 속 영웅이 된 자신의 모습을 좀 더 생생하게 만끽했다. 다시 눈을 떴을 때 다이애나가 배리 씨네 밭으로 통하는 문에서 나오고 있었다. 중요한 일이 있는 듯한 표정을 보고 앤은 뭔가 새로운 소식이 있다는 것을 금방 알아차렸다. 하지만 호기심이 앞서는 마음을 내색하지는 않았다.

"오늘 저녁은 꼭 보랏빛 꿈같지 않니, 다이애나? 살아

---

* 월터 스콧의 서사시

있다는 게 정말 기쁘다는 생각이 들어. 아침에는 늘 아침이 가장 아름답다고 생각하는데, 저녁이 되면 또 저녁이 더 아름다운 것 같단 말이야."

"정말 멋진 저녁이야. 그보다 정말 굉장한 소식이 있어, 앤. 알아맞혀 봐. 기회는 세 번 줄게."

"샬럿 길리스가 결국 교회에서 결혼식을 올리기로 했구나. 앨런 사모님은 우리가 장식을 맡길 바라시고."

앤이 외쳤다.

"아니야. 샬럿의 남자친구가 싫다고 할걸. 여태껏 교회에서 결혼식을 올린 사람도 없었고, 샬럿의 남자친구는 꼭 장례식 같다고 생각하나 봐. 그건 너무 평범해. 훨씬더 신나는 일이라니까. 다시 맞혀 봐."

"제인의 어머니가 제인에게 생일 파티를 열어주신대?"

다이애나가 고개를 저었다. 까만 눈동자에 웃음기가 일렁였다.

"도저히 모르겠어. 어젯밤 기도회가 끝나고 무디 스퍼전 맥퍼슨이 널 집까지 바래다주기라도 한 거야?"

앤이 자신 없이 말했다. 앤의 말에 다이애나가 펄쩍 뛰었다.

"아니야. 설령 그 기분 나쁜 애가 그랬다 쳐도 그게 무슨 자랑거리야! 네가 못 맞힐 줄 알았어. 엄마가 오늘 조세핀 할머니께 편지를 한 통 받았는데, 우리 둘 보고 다음 주 화요일에 샬럿타운에 와서 같이 박물관 구경 가자고 하셨대. 어때?"

"아, 다이애나. 그게 정말이야? 하지만 아주머니가 허락하지 않으실 거야. 그렇게 나다니는 건 나쁘다고 말씀하실걸. 지난주에 제인이 화이트샌즈 호텔에서 미국인들이 연 발표회에 2인용 마차를 타고 같이 가자고 했을 때도 그렇게 말씀하셨거든. 난 가고 싶었지만 아주머니는 나나 제인이나 집에서 공부하는 게 낫다고 하셨어. 얼마나 실망했는지 몰라, 다이애나. 너무 속상해서 자기 전에 기도도 하지 않았다니까. 나중에 뉘우치고 한밤중에 일어나서 기도를 드리긴 했지만 말이야."

앤이 단풍나무에 몸을 기대며 속삭였다.

"있잖아, 앤. 마릴라 아주머니한테는 엄마가 부탁드리면 보내 주실지도 몰라. 그럼 우린 즐거운 시간을 보낼 수 있어. 난 박물관에 한 번도 안 가봤어. 다른 여자애들이 박물관에 다녀온 얘기를 하면 얼마나 부러웠다고. 제인하고 루비는 두 번이나 갔다 왔는데 올해 또 갈 거래."

앤이 결연한 표정으로 다이애나의 말을 받았다.

"갈 수 있을지 없을지 확실히 정해지기 전까진 그 생각은 하지 않을래. 생각만 하다 실망하면 너무 괴로우니까. 하지만 갈 수 있게 된다면 내 새 코트가 그때쯤 완성될 테니까 정말 기쁠 텐데. 마릴라 아주머니는 내게 새 코트가 필요 없다고 생각하셔. 아주머니는 코트 한 벌이면 다음 겨울까지 충분하다고, 새 원피스가 생긴 것만으로 만족하라고 하셨어. 원피스는 정말 예뻐, 다이애나. 감청색에 유행을 그대로 따라 만들었거든. 이젠 아주머니도 늘 유행대로 옷을 만들어주셔. 매슈 아저씨가 린드 아주머니에게 또 옷을 부탁하러 가게 할 순 없다고 하시면서 말이야. 정말 기뻐. 유행에 뒤처지지 않는 옷이 있으면 착해지기가 훨씬 더 쉽거든. 적어도 난 그래. 원래 착하게 태어난 사람들도 나랑 크게 다르지 않을걸. 하지만 매슈 아저씨가 내게 새 코트가 꼭 있어야 한다고 하셔서, 마릴라 아주머니가 예쁜 파란색 천을 사 오셨어. 그래서 지금 카모디에 있는 진짜 양장점에서 코트를 만들고 있지 뭐야. 토요일 밤에 완성될 거야. 일요일에 새 옷을 입고 새 모자를 쓰고 교회 신도석 사이를 걸어 들어가는 내 모습을 상상하지 않으려고 애쓰고 있어. 그런 상상은 아무래도 옳지 않은 거 같아서 말이야. 하지만 생각을 안 하려고 해도 자꾸 상상이 된다니까. 모자도 아주 예뻐. 모자는 카모디에 간 날 매슈 아저씨가 사주셨거든. 요즘 한창 유행하는 작고 파란 벨벳 모자인데, 금색 끈과 술이 달려 있어. 다이애나, 네가 쓴 새 모자도 우아해 보여. 너랑 잘 어울리고. 지난 주일에 네가 교회로 들어오는 모습을 보는데, 네가 내 가장 친한 친구라고 생각하니 자랑스러워서 심장이 두근거렸다니까. 우리가 옷에 대해 생각을 많이 하는 게 잘못일까? 마릴라 아주머니는 큰 죄래. 하지만 정말 재밌는 얘깃거리잖아?"

마릴라는 앤이 샬럿타운에 가도록 허락했고, 배리 씨가 화요일에 데려다주기로 했다. 샬럿타운까지는 50킬로미터 정도였는데, 배리 씨는 그날 바로 돌아와야 했기에 아침 일찍 서둘러 출발해야 했다. 앤은 그것마저도 즐거웠고, 화요일 아침에 해가 뜨기 전부터 일어나 있었다. 창밖을 힐끔 보니 '유령의 숲' 전나무 뒤로 동쪽 하늘이 구름 한 점 없이 은빛으로 빛나고 있었다. 날이 화창할 게 분명했다. 과수원집 서쪽 다락방의 환한 불빛이 나무들 틈새로 비추었다. 다이애나도 일어났다는 뜻이었다.

앤은 매슈가 불을 지필 즈음 옷을 다 입었고, 마릴라가 내려왔을 때는 이미 아침 준비를 끝내 놓았다. 그러나 너무 들뜬 나머지 아침을 거의 먹지 못했다. 식사가 끝나자, 새 모자를 쓰고 새 코트를 입은 앤은 서둘러 개울을 건너고 전나무 숲을 지나 과수원집으로 갔다. 배리 씨와 다이애나가 앤을 기다리고 있었고, 셋은 곧 출발했다.

먼 길이었지만 앤과 다이애나는 모든 순간이 즐거웠다. 추수가 끝난 들판 위로 발그레한 햇살이 꼬물거렸고, 그런 이른 아침에 촉촉하게 젖은 길을 달그락거리며 달리는 게 마냥 신났다. 공기는 선선하고 상쾌했다. 옅푸른 안개는 골짜기를 휘감아 언덕 위를 떠돌았다. 마차는 주홍빛 옷을 입기 시작한 단풍나무 숲을 지났고, 어릴 때 짜릿한 공포에 몸이 오그라들었던 다리들을 지나 강도 건넜다. 항구가 길게 늘어선 해안도 돌고, 비바람을 맞아 색이 바랜 어부들의 오두막들이 옹기종기 모인 곳도 지나갔다. 마차가 다시 언덕 위로 오르자 저 멀리 구불구불한 길이 완만히 올라가는 고원과 안개 낀 푸른 하늘이 보였다. 어디를 지나든 신나는 이야기는 멈추지 않았다. 정오가 다 되어 샬럿타운에 도착한 마차는 '너도밤나무집'으로 방향을 잡았다. 큰길에서 뒤로 물러난 곳에 있는 '너도밤나무집'은 초록색 느릅나무와 가지를 길게 뻗은 너도밤나무에 호젓하게 둘러싸인 오래된 멋진 저택이었다. 조세핀 할머니가 매서운 까만 눈을 반짝이며 문 앞에 나와세 사람을 맞았다.

"그래, 마침내 와 주었구나, 앤. 고맙다, 얘들아. 많이도 컸구나! 나보다 더 크겠어. 전보다 훨씬 더 예뻐지고 말이다. 내가 말 안 해도 아마 잘 알고 있겠지만."

"아뇨, 정말 몰랐어요. 주근깨가 조금 줄어든 건 알아요. 그것만으로도 무척 고마워하고 있지만, 다른 게 더 좋아지리라곤 기대조차 안 했는걸요. 그렇게 생각해 주시니 기뻐요, 배리 할머니."

앤이 환하게 웃었다.

배리 할머니의 집은 나중에 앤이 마릴라에게 전한 표현에 따르면 '굉장히 웅장'했다. 배리 할머니가 점심 준비가 어떻게 되었는지 확인하러 나간 사이 화려한 응접실에 남겨진 두 시골 아이는 몸 둘 바를 몰라 했다.

"궁전 같지 않니? 조세핀 할머니 댁에 처음 왔는데, 이렇게 으리으리한 줄 몰랐어. 줄리아 벨이 이걸 봐야 하는데. 자기네 집 응접실을 엄청 자랑하잖아."

다이애나가 작게 속삭였다.

"벨벳 양탄자야. 커튼은 실크고! 내가 꿈꾸던 것들이야, 다이애나. 그런데 아무래도 이런 것들 사이에 있으니까 별로 편하지가 않아. 여긴 없는 게 없고 전부 다 굉장히 멋져서 상상할 거리가 하나도 없어. 가난한 사람들이 한 가지 위안 삼을 수 있는 게 그거거든. 상상할 거리가 훨씬 더 많다는 거."

앤이 음미하듯 한숨을 쉬며 말했다.

샬럿타운에서 보낸 며칠을 앤과 다이애나는 몇 년 동안이나 추억으로 떠올렸다. 처음부터 끝까지 즐거운 일들뿐이었다.

수요일에 조세핀 할머니는 앤과 다이애나를 박람회장에 데려가 하루 종일 구경시켜 주었다.

집으로 돌아온 앤은 마릴라에게 이렇게 말했다.

"정말 근사했어요. 그렇게 재밌는 건 상상도 못 했어요. 어떤 게 제일 재밌었는지 가리기 힘들 정도예요. 말이랑 꽃이랑 자수가 제일 좋았던 거 같아요. 조시 파이가 레이스 뜨기에서 1등상을 받았어요. 그 애가 상을 받아서 전 정말 기뻤어요. 제가 기뻐했다는 게 또 기뻤고요. 제가 조시의 성공을 기뻐한다는 건 더 나은 사람이 되었다는 뜻이니까요, 그렇죠, 아주머니? 하면 앤드루스 아저씨가 그라벤슈타인종 사과 부문에서 2등을 했고, 벨 장로님이 돼지로 1등을 차지했어요. 다이애나는 주일학교 교장선생님이 돼지로 상을 받는 게 웃기다고 했지만, 전 왜 웃긴지 모르겠어요. 아주머니도 우스우세요? 다이애나는 앞으로 장로님이 진지하게 기도를 드릴 때마다 그 생각이 날 거래요. 클라라 루이스 맥퍼슨은 그림 부문에서 상을 받았고, 린드 아주머니는 수제 버터와 치즈 부문에서 1등을 했어요. 에이번리 사람들이 상을 많이 받았죠? 린드 아주머니도 그날 거기 오셨는데, 온통 모르는 사람들뿐인데 잘 아는 아주머니의 얼굴을 보니까 제가 아주머니를 얼마나 좋아하는지 알겠더라고요. 사람들이 수천 명은 됐나 봐요, 아주머니. 그러니까 제가 너무 하찮은 존재 같더라고요. 그러고 나서 배리 할머니가 저희를 데리고 경마를 관람하러 가셨어요. 린드 아주머니는 가지 않으셨고요.

경마는 혐오스럽다고, 경마를 멀리해서 좋은 본보기를 보이는 게 신도로서 본분을 다하는 거라고 하시면서요. 하지만 사람이 워낙 많아서 린드 아주머니가 안 계시다고 티가 나거나 하진 않더라고요. 그래도 경마를 너무 자주 보진 말아야겠다고 생각했어요. 너무 흥미진진해서 푹 빠질 것 같거든요. 다이애나는 너무 들떠서 빨간 말이 이긴다는 데 10센트를 걸겠다고 하지 뭐예요. 그 말이 이길 거 같지 않았지만, 전 내기는 하지 않겠다고 했어요. 박람회 이야기를 앨런 사모님께 전부 할 생각이었는데, 내기를 하면 그 얘기는 못 할 것 같았거든요. 목사님 부인에게 말하지 못할 일이면 분명 잘못이잖아요. 목사님 부인과 친구가 되는 건 양심이 하나 더 생기는 거나 똑같아요. 게다가 내기를 하지 않아서 정말 다행이었던 게, 빨간 말이 이기는 바람에 제가 자칫 10센트를 잃을 뻔했다니까요. 그래서 착한 일은 그 자체가 보상이라고 하나 봐요. 열기구를 탄 사람도 봤어요. 열기구를 타고 하늘을 날면 얼마나 좋을까요, 아주머니. 정말 신나겠죠? 점치는 사람도 봤어요. 10센트를 내면 작은 새가 그 사람의 운이 적힌 종이를 물어다 줘요. 배리 할머니가 저하고 다이애나에게

10센트씩 주시면서 운이 어떤지 보라고 하셨어요. 저는 피부가 검고 엄청나게 부자인 남자랑 결혼한대요. 또 물을 건너가 살게 될 거고요. 그때부터 피부가 검은 남자들을 자세히 살폈는데 마음에 드는 사람이 한 명도 없었어요. 그리고 어쨌든 벌써 그런 사람을 찾기는 너무 이르잖아요. 아, 정말 절대 잊을 수 없는 하루였어요, 아주머니. 너무 피곤해서 밤에 잠도 못 잘 정도였어요. 배리 할머니는 약속대로 우리에게 손님방을 주셨어요. 방은 정말 우아했지만, 손님방에서 자 보니 어쩐지 제가 늘 생각했던 것과 달랐어요, 아주머니. 어른이 되어 간다는 건 그런 나쁜 점이 있는 거 같아요. 이제는 조금씩 알 거 같아요. 어릴 땐 그렇게 간절히 바랐던 소원들도 막상 이루어지면 상상했던 절반만큼도 멋지거나 신나지 않는 거 같아요."

목요일에 아이들은 마차를 타고 공원까지 산책을 나갔고, 저녁에는 배리 할머니를 따라 유명한 오페라 여가수가 노래하는 음악회에 갔다. 앤에게는 기쁨이 반짝반짝 눈앞에 펼쳐지는 저녁이었다.

"아, 아주머니, 말로 설명할 수가 없어요. 어찌나 설레던지 말도 나오지 않았으니까요. 어느 정도였는지 짐작이

가시죠? 전 넋을 잃고 말없이 앉아만 있었어요. 셀리츠키 부인은 더없이 아름다웠고, 하얀 새틴 드레스에 다이아몬드 장식까지 달고 나왔죠. 하지만 노래가 시작되자 다른 건 아무것도 생각나지 않더라고요. 아, 그때 기분을 뭐라 표현할 수가 없어요. 하지만 착해지는 게 이제 힘들지 않을 것 같다는 생각은 들었어요. 별을 올려다볼 때와 비슷한 기분이었어요. 눈에 눈물이 고였는데, 아, 그건 너무 행복해서 나는 눈물이었어요. 공연이 모두 끝났을 땐 얼마나 아쉬웠는지 몰라요. 그래서 어떻게 다시 평범한 생활로 돌아갈 수 있을지 모르겠다고 말씀드렸더니, 할머니는 길 건너 식당에 가서 아이스크림을 먹으면 좀 나아질 거라고 하셨어요. 대답이 좀 시시하다고 생각했는데, 놀랍게도 할머니 말씀이 맞았어요. 아이스크림도 맛있었고요, 아주머니. 밤 11시에 거기에 앉아 아이스크림을 먹으니 정말 근사했고 자유를 만끽하는 기분이었어요. 다이애나는 도시 생활이 자기한테 딱 맞대요. 배리 할머니가 저는 어떠냐고 물어보셨는데, 전 진지하게 생각을 해 봐야 말씀드릴 수 있을 거 같다고 대답했어요. 그래서 잠자려고 침대에 누워서 생각을 해 봤죠. 뭔가를 생각하기에 딱 좋은 때잖아요. 그러고는 결론을 내렸어요, 아주머니. 도시 생활은 제게 맞지 않고, 그래서 기쁘다는 거였어요. 가끔 밤 11시에 멋진 식당에서 아이스크림을 먹는 건 좋지만, 매일매일을 생각하면 밤 11시에 동쪽 다락방에서 푹 자는 편이 더 좋아요. 여기서는 자는 동안에도 지붕 위에 별이 반짝이고 바람은 개울을 건너 전나무 숲으로 불어온다는 걸 알잖아요. 다음 날 아침 식사 자리에서 그렇게 말씀을 드리니 배리 할머니가 웃으셨어요. 배리 할머니는 제가 무슨 말만 하면 잘 웃으세요. 제가 아주 진지한 얘기를 해도요. 그건 별로 좋지 않은 것 같아요, 아주머니. 제가 웃기려고 무슨 말을 한 게 아니니까요. 그래도 할머니는 정말 친절하신 분이고 우리를 아주 훌륭하게 대접해 주셨어요."

금요일이 되자 배리 씨가 아이들을 데리러 왔다. 조세핀 배리 할머니가 작별 인사를 했다.

"즐겁게들 지냈는지 모르겠구나."

"정말 재밌었어요."

"넌 어땠니, 앤?"

"한 순간 한 순간이 모두 즐거웠어요."

앤이 생각할 겨를도 없이 노부인의 목을 끌어안고 주름진 뺨에 입을 맞추었다. 다이애나는 엄두도 내지 못할 일이었기에 앤의 거리낌 없는 행동에 소스라치게 놀랐다. 하지만 조세핀 배리 할머니는 기뻐했고, 베란다에 서서 마차가 사라질 때까지 지켜봤다. 그러고는 한숨을 쉬며 커다란 집으로 들어갔다. 생기 넘치는 아이들이 들었다 난 자리는 무척 쓸쓸했다. 있는 그대로 말하자면 조세핀 배리 할머니는 자기 말고 다른 사람은 절대 신경 쓰지 않는 다소 이기적인 노인이었다. 자신에게 도움을 주는지, 즐거움을 주는지로만 사람의 가치를 따졌다. 앤도 즐거움을 주었기 때문에 노부인의 호의를 듬뿍 받을 수 있었다. 하지만 이제는 앤의 재미있는 말솜씨보다 생기발랄한 열정과 솔직한 감정, 애교 어린 태도와 다정한 눈과 입술에 더 마음이 끌렸다.

조세핀 배리 할머니는 혼자 중얼거렸다.

"마릴라 커스버트가 고아원에서 여자아이를 입양했다기에 멍청한 노인네라고 생각했는데. 이제 보니 실수를 저지른 건 아니네. 앤 같은 아이와 한집에서 산다면 나도 더 행복하고 더 괜찮은 사람이 될 텐데."

앤과 다이애나는 집으로 돌아오는 길이 처음 출발할 때만큼이나 즐거웠다. 아니, 사실은 길 끝에 자신을 기다리는 집이 있다는 생각에 더 즐거웠다. 마차는 해질녘에 화이트샌즈를 지나 바닷가 길로 들어섰다. 저 너머 에이번리의 언덕들이 샛노란 하늘을 배경으로 거무스름하게 모습을 드러냈다. 뒤쪽으로는 바다 위로 떠오른 달이 밝고 아름답게 빛났다. 길이 굽어진 곳마다 파고들어온 작은 만에서 잔물결이 춤을 추듯 찰랑였다. 저 밑에서 파도가 바위 위로 부드럽게 철썩이며 부서졌고, 상쾌한 공기

78

중에는 코끝을 쏘는 바다 냄새가 가득했다.

"아, 살아 있다는 것도, 집에 간다는 것도 참 좋다."

앤이 숨결처럼 속삭였다.

개울에 놓인 통나무 다리를 건널 때 초록 지붕 집의 부엌에서는 앤이 돌아온 것을 반기듯 불빛이 깜박였고, 열어둔 문안에서는 은은한 난롯불이 쌀쌀한 가을밤을 가르며 붉은 온기를 전했다. 앤은 발걸음도 가볍게 언덕을 달려 부엌으로 뛰어들었다. 따뜻한 저녁 식사가 차려진 식탁이 앤을 기다리고 있었다.

마릴라가 뜨개질감을 접으며 말했다.

"그래, 왔니?"

"네, 아, 돌아오니 너무 좋아요. 전부 다 입을 맞춰주고 싶어요. 시계한테도요. 아주머니, 통닭구이네요! 절 주시려고 한 건 아니시겠죠!"

앤이 기쁨에 들떠 말했다.

"너 주려고 한 거지. 오느라 배가 고팠을 테니 맛있는 걸 먹고 싶었을 게 아니냐. 어서 옷이랑 갈아입어라. 오라버니가 오시는 대로 저녁을 먹자꾸나. 돌아와서 기쁘구나. 네가 없는 동안 어찌나 허전하던지. 나흘이 이렇게 긴

줄 몰랐다."

저녁 식사를 마친 뒤 앤은 매슈와 마릴라 사이 난롯가에
자리를 잡고 앉아 그동안 있었던 일을 전부 들려주었다.

앤은 행복하게 이야기의 끝을 맺었다.

"정말 멋진 시간이었어요. 제 평생의 획기적인 사건이
라고 생각해요. 하지만 그중에서 가장 좋았던 건 집으로
돌아오는 길이었어요."

30
퀸스 입시 준비반이 만들어지다

마릴라는 뜨개질하던 것을 무릎에 내려놓고 의자 등받이에 몸을 기댔다. 눈이 피로했다. 요즘 들어 눈이 피곤해지는 일이 부쩍 잦아서 다음번에 시내에 가면 안경을 바꿔야겠다고 막연히 생각했다.

집은 어둑어둑했다. 11월의 황혼이 짙게 내린 초록 지붕 집 부엌에는 난로에서 춤추는 화염만이 빨갛게 불을 밝혔다.

앤은 난로 앞 깔개에 몸을 동그랗게 말고 엎드려 단풍나무 장작에 스며 있던 수백 년의 여름 햇살이 경쾌하게 뿜어져 나오는 모습을 물끄러미 바라봤다. 앤은 읽던 책이 바닥에 떨어진 줄도 모르고 입을 벌린 채 미소를 흘리며 몽상에 빠져 있었다. 안개와 무지개에 둘러싸인 스페인의 찬란한 성들이 머릿속에서 생생하게 솟아올랐다. 공상 속에서 펼쳐지는 놀랍고도 흥미진진한 모험은 언제나 성공적으로 막을 내렸고, 현실에서처럼 말썽에 휘말리지도 않았다.

마릴라는 다정한 눈길로 앤을 바라봤다. 불빛이 어둠 속에서 그림자로 은은하게 녹아들지 않았다면 보이지도 않았을 것이다. 사랑하는 마음은 말과 행동으로 알 수 있게 표현해야 한다는 사실을 마릴라는 몰랐다. 하지만 내색하지 않는 만큼 더 크고 깊게 빼빼 마른 잿빛 눈의 여자아이를 사랑하고 있었다. 앤에 대한 사랑이 지나친 게 아닐까 하는 걱정마저 들 정도였다. 앤에게, 아니 인간에게 이렇듯 끔찍이 마음을 쏟는 것은 죄악이라는 생각에 마음이 편치 않았다. 그래서 사랑하는 마음이 덜했다면 그렇게까지 엄하고 냉정하게 교육하지 않았을 것이고, 그런 교육 방식으로 자신도 모르게 속죄하고 있는 사실을 마릴라는 모르고 있었다. 확실히 앤은 마릴라가 자신을 얼마나 사랑하는지 전혀 몰랐다. 가끔은 마릴라를 기쁘게 하는 게 너무 힘들다고 생각했고 마릴라는 동정심도, 이해심도 부족한 게 틀림없다며 아쉬워했다. 그러나 마릴라가 베풀어 준 것들을 떠올리며 그런 스스로를 나무랐다.

"앤. 오늘 낮에 네가 다이애나와 나갔을 때 스테이시 선생님이 다녀가셨단다."

마릴라가 불쑥 말했다.

"선생님요? 아, 어떻게 제가 없을 때 오셨네요. 절 부르시지 그러셨어요, 아주머니. 바로 저기 '유령의 숲'에 있었거든요. 요즘 숲이 정말 아름다워요. 고사리나 빛이 고운 나뭇잎들, 풀산딸나무처럼 작은 식물들은 모두 잠이 들었어요. 꼭 누가 봄이 올 때까지 자라고 나뭇잎 이불을 덮어준 것 같아요. 달이 밝게 떴던 어젯밤에 무지개 스카프를 두른 잿빛 요정이 몰래 와서 그랬나 봐요. 다이애나는 그런 얘기는 잘 안 하려고 해요. '유령의 숲'에 유령이 있다고 상상했다가 엄마한테 혼난 걸 잊지 못한대요. 그 일은 다이애나의 상상력에 아주 나쁜 영향을 주었어요. 상상력을 망가뜨린 거예요. 린드 아주머니는 머틀 벨을 메마른 사람이라고 하시더라고요. 루비 길리스한테 왜 머틀 벨이 메마른 사람이냐고 물었더니, 아마 애인한테 배신을 당해서 그럴 거래요. 루비 길리스는 오로지 남자 생각밖에 없어요. 갈수록 더 심해져요. 남자 얘기를 하는 건 괜찮지만 그렇게 아무 데나 갖다 붙이면 곤란하잖아요. 그렇죠? 다이애나와 전 평생 결혼하지 않고 멋진 독신으로 같이 살까 진지하게 생각하고 있어요. 그런데 다이애나는 선뜻 결심을 못 하네요. 거칠고 무례하고 못된 남자랑 결혼해서 새사람으로 교화시키는 게 더 고결하다고 생각하거든요. 우린 요새 진지한 대화를 많이 나눠요. 이제는 많이 컸으니까 유치한 얘기들은 안 어울리잖아요. 열네 살이 다 됐는데, 그건 그만큼 숙연한 일이거든요, 아주머니. 스테이시 선생님이 지난 수요일에 여자아이들을 개울가로 데려 가서 그런 말씀을 하셨어요. 십대에 어떤 습관을 익힐지, 어떤 이상을 품을지 신중하고 또 신중하게 고민해도 지나치지 않다고요. 스무 살 즈음이 되면 인격이 형성되어 평생을 살아갈 기초가 다져지기 때문이래요. 그리고 기초가 흔들리면 그 위에 진정으로 가치 있는 것을 세울 수 없다고도 하셨어요. 다이애나하고 전 학교에서 집으로 오는 길에 그 얘기를 나눴어요. 굉장히 진지했어요, 아주머니. 우린 정말로 신중하게 생각해서 올바른 습관을 들이고, 최대한 많이 배우고 될 수 있는 한 분별 있는 사람이 되도록 노력하자고 했어요. 그래서 스무 살 즈음이 되면 우리의 인격이 제대로 형성될 수 있게요. 아, 스무 살이 된다고 생각하면 오싹해요, 아주머니. 너무 나이가 많은 것 같기도 하고 어른이 되어버린 것 같아서 겁이 나거든요. 그런데 낮에 스테이시 선생님이 왜 오신 거예요?"

"내가 하고 싶은 말이 그거다, 앤. 입도 벙긋할 틈을 안 주는구나. 네 얘기를 하셨단다."

"제 얘기요?"

앤은 살짝 겁먹은 표정이었다. 그러더니 얼굴이 빨개져서 소리쳤다.

"아, 무슨 말씀을 하셨는지 알아요. 저도 말씀드리려고 했어요, 아주머니. 정말이에요. 그런데 깜박 잊었어요. 어제 낮에 학교에서 캐나다 역사 시간에 《벤허》를 읽다가 스테이시 선생님께 들켰거든요. 제인 앤드루스가 빌려준 책이에요. 점심시간에 읽고 있었는데 전차 경주 부분에서 수업이 시작된 거예요. 결과가 너무 궁금해서 견딜 수가 없잖아요. 물론 벤허가 이길 줄은 알았지만요. 만약 지면 인과응보가 아니니까요. 아무튼 그래서 책상에 역사책을 펴놓고 책상이랑 무릎 사이에 《벤허》를 감춰 놓고 읽었어요. 캐나다 역사를 공부하는 것처럼 보였지만 그 시간 내내 《벤허》에 푹 빠져 있었어요. 얼마나 재미있는지 스테이시 선생님이 통로로 걸어오시는 것도 몰랐어요. 갑자기 고개를 드니 선생님이 나무라는 눈길로 내려다보고 계시지 뭐예요. 얼마나 창피했는지 몰라요, 아주머니. 특히 조시 파이가 킥킥 웃을 때 너무 수치스러웠어요. 스테이시 선생님은 말없이 《벤허》만 가져가시더니, 쉬는 시간에 불러서 말씀하셨죠. 제가 두 가지 점에서 크게 잘못했다고 하셨어요. 하나는 공부 시간을 낭비했다는 거고, 또 하나는 역사책을 읽는 척하면서 소설책을 본 게 선생님을 속이는 행동이었다고요. 아주머니, 전 그때서야 제 행동이 정직하지 못하다는 걸 깨달았어요. 충격이었죠. 전 펑펑 울었고, 스테이시 선생님께 다시는 안 그러겠다고, 용서해 달라고 말씀드렸어요. 그리고 뉘우치는 의미에서 일주일 동안 《벤허》에는 손도 대지 않고, 전차 경주의 결과도 들춰보지 않겠다고도요. 하지만 스테이시 선생님은 그럴 필요 없다고 하시면서 아무 조건 없이 절 용서하셨어요. 그런데 선생님이 여기까지 오셔서 아주머니께 그 말씀을 하셨다니 좀 너무하신 거 같아요."

"스테이시 선생님은 그런 이야긴 한 마디도 안 하셨다, 앤. 네가 괜히 양심에 찔려서 그렇게 생각한 게지. 그리고 학교에 소설책을 가져가면 안 돼. 넌 소설책을 너무 많이 읽더구나. 내가 어렸을 땐 소설 같은 건 쳐다보지도 못했다."

앤이 항의했다.

"음, 《벤허》는 훌륭한 종교 서적인데 어떻게 소설책이라고 하실 수 있어요? 물론 주일에 읽기에는 너무 흥미진진해요. 그래서 전 평일에만 읽는단 말이에요. 게다가 요즘은 스테이시 선생님이나 앨런 사모님이 열네 살이 되려면 아직 석 달이 남은 열세 살 여자아이에게 적당하지 않다고 하신 책은 안 읽어요. 스테이시 선생님이 제게 약속하자고 하셨거든요. 언젠가 제가 《유령의 집의 끔찍한 불가사의》라는 책을 읽는 걸 선생님이 보셨어요. 그 책도 루비 길리스에게 빌린 거였는데, 아, 아주머니, 정말 으스스하고 재밌는 책이었어요. 몸속에서 피가 얼어붙는 거

같았다니까요. 하지만 선생님이 그 책은 굉장히 어리석고 불건전한 책이니까 더 읽지 말고 그런 비슷한 책도 읽지 말라고 말씀하셨어요. 앞으로 그런 책을 읽지 않겠다고 약속하는 건 아무렇지도 않았지만, 그 책을 결말도 모른 채 돌려줘야 한다니 갈등이 됐어요. 하지만 전 스테이시 선생님을 사랑하기 때문에 시련을 이기고 책을 돌려줬어요. 어떤 사람을 진심으로 기쁘게 하려고 뭔가를 한다는 건 정말 멋진 일 같아요, 아주머니."

90

"글쎄다. 난 등에 불을 켜고 일이나 해야겠다. 스테이시 선생님이 무슨 말을 했는지는 도통 관심이 없구나. 넌 네 말밖에 다른 건 흥미가 없지."

"아, 아니에요, 아주머니. 정말로 듣고 싶어요. 이제 한 마디도 하지 않을게요. 제가 말이 너무 많다는 건 알지만 고치려고 열심히 노력하고 있어요. 제가 너무 떠들긴 해도, 참고 안 하는 말이 얼마나 많은지 아시면 제 말을 믿으실 거예요. 말씀해 주세요, 아주머니."

앤이 깊이 뉘우치는 목소리로 말했다.

"그래, 스테이시 선생님이 상급반 학생들 중에서 퀸스에 들어갈 아이들을 모아 입시 준비반을 만드신다더구나. 방과 후에 한 시간씩 과외 수업을 하겠다며 말이다. 그래서 오라버니하고 내게 널 그 반에 넣고 싶은지 물으러 오셨단다. 네 생각은 어떠니, 앤? 퀸스 학교에 들어가서 선생님이 되고 싶니?"

"아, 아주머니! 제가 평생 꿈꾸던 일이에요. 그러니까 지난 여섯 달 동안, 루비와 제인이 입시 공부 얘기를 한 뒤로 계속요. 하지만 저한테는 아무 소용없는 일 같아서 말씀 안 드렸어요. 정말 선생님이 되고 싶어요. 하지만 돈이 많이 들지 않나요? 프리시 앤드루스는 기하학도 저보다 잘했는데 학교를 마치는 데 150달러가 들었다고 앤드루스 아저씨가 그러셨어요."

앤이 무릎을 세우고 두 손을 맞잡았다.

"그런 문제라면 걱정할 필요 없다. 오라버니와 내가 널 키우기로 했을 때, 우리가 할 수 있는 만큼 다해 주고 교육도 부족함 없이 받게 하겠다고 마음먹었단다. 난 그럴 필요가 있건 없건 여자도 자기 생계를 꾸릴 능력을 갖추는 게 좋다고 생각하거든. 오라버니와 내가 여기 있는 한 초록 지붕 집은 언제까지나 네 집이지만, 한 치 앞도 모르는 세상에서 사람 일을 누가 알겠니? 대비는 해 둬야지. 그러니 네가 좋다면 퀸스 입시 준비반에 들어가도 된단다, 앤."

"아, 아주머니, 고맙습니다."

앤은 마릴라의 허리를 와락 껴안았다. 그리고 진심 어린 눈빛으로 마릴라의 얼굴을 올려다보며 말을 이었다.

"아주머니랑 매슈 아저씨께 어떻게 감사드려야 할지 모르겠어요. 있는 힘껏 열심히 공부해서 아주머니와 아저씨께 자랑스러운 사람이 될게요. 기하학 점수는 크게 기대하지 말아 주세요. 하지만 다른 과목은 열심히만 하면 아무 문제없을 거예요."

"넌 잘해낼 거야. 스테이시 선생님도 네가 영리하고 부지런하다고 하시더구나."

마릴라는 스테이시 선생님이 한 말을 그대로 전하지는 않았다. 혹여 앤이 자만할까 봐 걱정이 되어서였다.

"너무 무리해서 책만 파고들 필요는 없다. 서두를 것도 없고. 입학시험까지 일 년 반이나 남았잖니. 그래도 제때 시작해서 기초를 튼튼히 다져 놓는 게 좋다고 스테이시 선생님이 그러시더구나."

"이제부터 공부가 더 재밌어질 거예요. 인생의 목표가 생겼으니까요. 앨런 목사님이 누구나 인생의 목표를 세우고 충실히 그 목표를 좇아야 한대요. 단 먼저 가치 있는 목표를 세우는 게 중요하댔어요. 스테이시 선생님 같은 선생님이 되는 건 가치 있는 목표죠, 아주머니? 선생님은 정말 고귀한 직업이라고 생각해요."

앤이 행복에 들떠 말했다.

퀸스 입시 준비반이 계획대로 결성됐다. 길버트 블라이드와 앤 셜리, 루비 길리스, 제인 앤드루스, 조시 파이,

찰리 슬론, 무디 스퍼전 맥퍼슨이 입시 준비반에 들어갔다. 다이애나는 부모님이 퀸스에 보낼 생각이 없다고 해서 빠졌다. 앤에게는 재앙이나 다름없었다. 미니 메이가 후두염을 앓던 그날 밤부터 앤과 다이애나는 무슨 일에서든 떨어져 본 적이 없었다. 퀸스 입시 준비반이 방과 후에 학교에 남아 과외 수업을 받던 첫날 저녁, 앤은 다이애나가 다른 아이들 틈에 섞여 느릿느릿 교실을 빠져나가는 모습을 봤다. 다이애나가 혼자서 '자작나무 길'과 '제비꽃 골짜기'를 걸어 갈 생각을 하니 당장에라도 따라 뛰쳐나가고 싶었지만 간신히 마음을 눌렀다. 뭔가가 목구멍까지 차오르며 울컥해서 황급히 라틴어 문법책을 들어 그렁그렁한 눈물을 감추었다. 절대로 길버트 블라이드나 조시 파이에게 눈물을 들키고 싶지 않았다. 그날 밤 앤은 슬픔에 잠겨 말했다.

"하지만 아주머니, 다이애나가 혼자 나가는 모습을 보니 정말로 지난 주일에 앨런 목사님이 설교에서 말씀하셨던 죽음의 쓴잔을 맛본 느낌이었어요. 다이애나도 같이 입시 공부를 하면 얼마나 좋을까요. 하지만 이렇게 불완전한 세상에서 모든 걸 다 가질 수는 없다고 린드 아주머니가 말씀하셨죠. 린드 아주머니 말씀들이 위로가 안 될 때도 많지만 그래도 맞는 말씀을 많이 하세요. 그리고 퀸스 입시 준비반은 진짜 재밌을 거 같아요. 제인하고 루비는 선생님이 되는 게 제일 큰 꿈이래요. 그런데 루비는 아이들을 2년만 가르치다 결혼할 거고, 제인은 평생 선생님으로 살면서 결혼은 절대, 절대 하지 않겠대요. 선생님이 되면 월급을 받지만, 결혼하면 남편이 돈도 안 주고 생활비 달라고 하면서 되레 버럭거리기만 할 거라고요. 제 생각인데 이건 제인의 아픈 경험에서 나온 거 같아요. 린드 아주머니 말이 제인 아버지는 성질만 부리는 괴짜에다 둘째가라면 서러울 정도로 인색하대요. 조시 파이는 그냥 공부만 하려고 가는 거래요. 자기는 굳이 돈을 벌 필요가 없다고요. 남의 신세를 지는 고아들이야 서둘러 돈을 벌어야겠지만 자기는 다르다나요. 무디 스퍼전은 목사가 될 거예요. 린드 아주머니는 그 애가 이름에 걸맞게 살려면 목사밖에 할 게 없을 거래요. 그러면 안 되는 줄 알지만요, 아주머니, 무디 스퍼전이 목사가 된다고 생각하면 웃음이 나와요. 그 애는 얼굴도 크고 뚱뚱한 데다 파란 눈은 조그맣고 귀는 무슨 덮개처럼 뾰족해서 되게 재밌게 생겼거든요. 그래도 나중에 어른이 되면 좀 더 지적인 모습으로 바뀔지도 모르죠. 찰리 슬론은 정치학을 공부해서 의회에 들어갈 거라고 하지만, 린드 아주머니 말씀으로는 절대 정치인이 못 될 거예요. 슬론 씨네 식구들은 전부 정직한데, 요즘 정치하는 사람들은 나쁜 놈들뿐이라면서요."

앤이《카이사르》를 펼치는 것을 보고 마릴라가 물었다.

"길버트 블라이드는 뭐가 되고 싶다든?"

"길버트 블라이드의 포부가 뭔지, 그런 게 있긴 한지, 전 잘 모르겠어요."

앤이 무시하는 말투로 말했다.

길버트와 앤은 이제 공공연히 경쟁했다. 지금까지는 앤 혼자 일방적으로 경쟁했지만 이제 길버트도 앤처럼 1등을 놓치지 않기로 결심한 게 분명해 보였다. 길버트는 앤에게 훌륭한 경쟁 상대였다. 나머지 학생들은 두 사람의 성적이 월등하다는 것을 내심 인정했고, 둘과 경쟁 같은 것은 꿈도 꾸지 않았다.

길버트는 연못에서 사과했다가 거절당한 뒤로 앤과 경쟁하는 것 외에는 앤 셜리의 존재를 아예 무시했다. 다른 여학생들과는 대화도 하고 농담도 주고받았으며 책을 바꿔 보거나 퀴즈도 냈다. 그리고 공부나 다른 계획들을 의논했고, 기도회나 토론 클럽이 끝나면 그중 한 명과 집까지 같이 걸어가기도 했는데, 앤 셜리만은 그야말로 단칼에 무시했다. 앤도 무시당하는 게 유쾌하지는 않았다. 머리를 치켜들며 아무 상관없노라고 혼잣말을 해 봐도 소용없었다. 마음속 깊은 곳, 변덕스럽고도 여성스러운 앤의 작은 심장은 신경이 쓰인다고, '반짝이는 호수'에서와 같은 기회가 한 번 더 찾아오면 그때는 전혀 다른 대답을 하리라고 말하고 있었다. 길버트에 대해 간직했던 오랜 분노가 한순간에 사라진 것을 깨닫고 앤은 속으로 당황스러웠다. 분노라는 동력이 어느 때보다 절실히 필요한 때였다. 기억나는 사건과 감정들을 전부 떠올리고 해묵은 분노를 한껏 채워 보려 노력해도 허사였다. 호수에서 만난 그날, 분노가 마지막 몸부림을 치며 사라졌다. 앤은 자신도 모르는 사이에 모든 것을 용서하고 다 잊었음을 깨달았다. 그러나 너무 늦었다.

길버트를 비롯해 그 누구도, 심지어 다이애나조차 앤이 못되고 거만하게 굴었던 지난날을 얼마나 후회하는지 짐작하지 못했다. 앤은 그런 감정을 '망각 속 저 깊이 묻어두기로' 결심했고, 일단은 들키지 않고 잘 지냈다. 그래서 속으로는 앤에게 관심이 남아 있던 길버트는 복수심에서 앤을 무시했고, 그 사실을 앤이 아는 것도 아무런 위로가 되지 않았다. 그나마 한 가지 위로가 되는 것은 앤이 찰리 슬론을 계속해서 가혹하리만큼 매정하게 무시한다는 사실이었다.

이것만 빼면 모두 즐겁게 제 할 일을 하고 공부하며 겨울을 보냈다. 황금 구슬 같은 하루하루를 꿰어 일 년이라는 목걸이를 만드는 듯한 시간이었다. 앤은 행복했고, 열의로 가득했으며, 모든 게 흥미로웠다. 배워야 할 것들과 놓치기 싫은 자리와 읽고 싶은 책들도 있었다. 주일학교 성가대에서는 새로운 곡을 연습했다. 즐거운 토요일 오후에는 목사관에서 앨런 사모님을 만났다. 그렇게 앤이 알아차리지 못하는 사이에 초록 지붕 집에 다시 봄이 찾아왔고, 세상은 다시 한번 아름답게 꽃피었다.

그러자 공부에 대한 흥미가 아주 조금 떨어졌다. 학교가 끝난 뒤 남은 퀸스 입시 준비반 학생들은 창밖으로 친구들이 초록빛 오솔길과 나무가 우거진 숲과 방목지의 샛길로 흩어지는 모습을 부럽게 바라봤고, 상쾌한 겨울 내내 라틴어 동사와 프랑스어를 공부할 때 느꼈던 재미와 열정이 어쩐지 사라졌다고 느꼈다. 앤과 길버트마저 점점 흥미를 잃고 늘어졌다. 학기가 끝나고 반가운 장밋빛 방학이 시작되자, 선생님이나 학생들이나 반기는 마음은 마찬가지였다.

스테이시 선생님이 지난 저녁에 아이들에게 말했다.

"지난 일 년 동안 열심히 했어요. 여러분은 즐겁고 신나게 방학을 보낼 자격이 있어요. 밖에서 마음껏 뛰어놀면서 다음 일 년도 잘 보낼 수 있도록 건강과 활기와 포부를 가득 채우도록 하세요. 입학시험까지 남은 일 년 동안 마지막 결전을 벌이게 될 테니까요."

"다음 학기에 다시 학교로 오시나요, 선생님?"

조시 파이가 물었다. 조시 파이는 거리낌 없이 질문하는 편인데, 이번 질문만큼은 다른 아이들도 잘했다고 생각했다. 모두 궁금했지만 물을 엄두를 못 내고 있었다. 다음 학기에 스테이시 선생님이 학교로 돌아오지 않을 거라는 소문이 한동안 학교 안에 파다했다. 선생님 고향 학교에서 자리를 제안해서 그곳으로 가기로 했다는 거였다.

퀸스 입시 준비반 학생들은 숨죽인 채 불안한 마음으로 선생님의 대답을 기다렸다.

"네, 다음 학기에도 여기 있을 거예요. 다른 학교로 옮길까도 생각했는데, 에이번리에 있기로 마음을 굳혔어요. 사실 여기 있는 우리 학생들과 너무 정이 들어서 헤어지고 싶지 않아요. 그래서 계속 학교에 남아 여러분과 만나려고요."

"야호!"

무디 스퍼전이 환성을 질렀다. 무디 스퍼전은 한 번도 그런 식으로 감정을 드러낸 적이 없었다. 그래서 일주일 내내 그 생각을 할 때마다 혼자 부끄러워하며 얼굴을 붉혔다.

"아, 정말 기뻐요. 스테이시 선생님, 선생님이 돌아오시지 않으면 정말 끔찍할 거예요. 전 다른 선생님이 오시면 공부를 계속할 마음이 나지 않을 것 같아요."

앤이 눈을 반짝거리며 말했다.

그날 밤, 집에 돌아온 앤은 다락방에 올라가 교과서를 몽땅 꺼내 낡은 트렁크에 집어넣고 잠근 다음 열쇠를 이불 상자 안에 던져 넣었다. 앤은 마릴라에게 말했다.

"방학 땐 교과서에 손도 안 댈 거예요. 학기 내내 죽어라고 열심히 공부했고, 기하학도 1권에 나오는 명제들은 모두 달달 외웠어요. 이제는 기호가 바뀌어도 헷갈리지 않아요. 논리적으로 생각하는 건 지긋지긋해요. 여름 동안에는 마음껏 상상력을 펼치면서 보낼래요. 놀라지 않으셔도 돼요, 아주머니. 적당한 선은 지킬 거니까요. 하지만 이번 여름은 정말 즐겁게 보내고 싶어요. 제가 어린아이로서 보내는 마지막 여름이 될지도 모르니까요. 린드 아주머니가 그러시는데, 제가 계속 이대로만 크면 내년에는 더 긴 치마가 필요하겠대요. 다리하고 눈밖에 안 보이겠다고 하시더라고요. 긴치마를 입으면 거기에 맞게 행동도 점잖아져야 할 거 같아요. 그땐 요정이 있다는 것도 믿지 않게 될까 봐 겁이 나요. 그래서 올여름엔 요정이 있다는 걸 마음껏 믿으려고요. 우린 전부 아주 신나는 방학을 보낼 거 같아요. 곧 루비 길리스의 생일 파티가 열리고, 주일학교에서 소풍도 가요. 다음 달에는 선교 음악회가 있고요. 또 배리 아저씨가 언제 한번 다이애나하고 저한테 화이트샌즈 호텔에서 저녁을 사 주신댔어요. 사람들이 호텔에서 저녁 식사도 하고 그러잖아요. 제인 앤드루스가 작년 여름에 가 봤는데, 전깃불과 꽃, 여자 손님들이 입은 아름다운 드레스를 보고 있노라면 눈이 부실 정도래요. 그날 처음으로 상류 사회를 맛봤다면서 죽는 날까지 잊지 못할 거라고 했어요."

다음 날 오후, 린드 부인이 마릴라를 찾아왔다. 목요일에 봉사회 모임에 나오지 않은 이유가 궁금해서였다. 마릴라가 봉사회 모임에 빠진다는 것은 초록 지붕 집에 무슨 일이 있다는 뜻이었다.

"오라버니가 목요일에 심장 발작을 심하게 일으켜서 혼자 두면 안 될 것 같았어요. 아, 그럼요. 지금은 괜찮아졌어요. 그런데 예전보다 발작을 자주 일으키는 것 같아 걱정이에요. 의사는 흥분하지 않게 조심하래요. 그야 어렵지 않죠. 오라버니가 재미있는 일을 찾아다니는 사람도 아니고 여태까지도 그런 적도 없었으니까요. 너무 힘든 일도 하지 말라는데, 그건 오라버니한테 숨을 쉬지 말라는 소리나 마찬가지죠. 들어와서 옷 벗어요, 레이철. 차한잔 들래요?"

"그럼, 그렇게 권하시니 잠시 들어갈게요."

처음부터 그냥 돌아갈 생각은 눈곱만큼도 없었던 린드

부인이 말했다.

린드 부인과 마릴라가 응접실에 편히 앉아 있는 동안 앤이 차를 내리고 비스킷을 구워 내왔다. 비스킷은 까다로운 린드 부인의 입맛도 만족시킬 만큼 부드럽고 하얗게 잘 구워졌다.

해질 무렵 오솔길이 끝나는 곳까지 배웅을 하는 마릴라에게 린드 부인이 말했다.

"앤이 정말 야무지게 잘 컸어요. 마릴라한테 큰 도움이 되겠어요."

"그래요. 요즘은 정말 차분하고 듬직해졌어요. 덤벙대는 성격을 고치지 못하면 어쩌나 늘 걱정했는데 잘해내 줬어요. 이젠 무슨 일을 맡겨도 믿을 수 있답니다."

"3년 전, 내가 여기 와서 처음 그 애를 봤을 땐 이렇게 잘 자랄 줄은 생각도 못했어요. 세상에, 그렇게 성질을 부려대던 모습을 어떻게 잊겠어요! 그날 밤 집에 가서 토머스에게 그랬더랬죠. '두고 봐요, 토머스, 마릴라 커스버트는 자기의 결정을 후회하며 살테니까.' 하지만 내가 틀렸어요. 정말 다행이죠. 마릴라, 난 실수를 하고도 인정하지 않는 그런 사람이 아니랍니다. 암, 그렇고말고요. 내가 앤

104

을 잘못 봤어요. 하지만 그럴 만도 했죠. 그렇게 별나고 특이한 아이는 세상에 다시 없을 테니까요. 다른 아이들 과 같은 잣대로는 그 애를 판단할 수 없어요. 3년 동안 발전한 걸 보면 그야말로 놀라워요. 외모도 그래요. 아주 예쁜 소녀가 됐어요. 저렇게 창백하고 눈이 큰 얼굴은 내 취향은 아니지만요. 나는 다이애나 배리나 루비 길리스처럼 생기 있고 발그레한 얼굴빛이 좋아요. 루비 길리스가 정말 화사한 얼굴이죠. 하지만 왜 그런지 나도 이유는 모르겠지만, 앤이 외모는 좀 떨어져도 앤이랑 같이 있으면 그 아이들이 평범하고 너무 꾸민 것처럼 보인단 말이에요. 뭐랄까, 앤이 수선화라고 부르는 6월의 하얀 백합이 커다란 붉은 작약들 사이에 피어 있는 것 같다니까요."

개울과 강이 만나는 곳에서

앤은 '행복한' 여름을 맞아 마음껏 즐겼다. 앤과 다이애나는 밖에서 살다시피 하면서 '연인의 오솔길'과 '드라이어드 샘', '버드나무 연못', '빅토리아 섬'이 주는 기쁨에 한껏 빠졌다. 마릴라는 앤이 집시처럼 생활해도 잔소리 하지 않았다. 방학이 시작되고 얼마 되지 않은 어느 날 오후, 미니 메이가 후두염을 앓았던 밤에 왕진을 왔던 스펜서베일의 의사가 한 환자의 집에서 앤을 만났다. 그는 앤을 유심히 보고는 입을 앙다물고 고개를 젓더니 사람을 시켜 마릴라 커스버트에게 이런 말을 전했다.

"댁의 빨강 머리 여자아이를 여름내 바깥에서 오래 있게 하고, 활기차게 걸을 때까지 책은 읽지 못하게 하십시오."

마릴라는 덜컥 겁이 났다. 그 말을 곧이곧대로 따르지 않으면 앤이 곧 죽는다는 뜻으로 여겼기 때문이다. 덕분에 앤은 자유롭게 뛰어놀며 인생의 황금 같은 여름을 보냈다. 이리저리 거닐고, 배를 타고, 딸기도 따고, 마음껏 상상을 펼쳤다. 9월이 되자 앤은 초롱초롱 빛나는 눈을 하고, 스펜서베일의 의사가 보았더라면 흡족했을 만큼 활기차게 걸었으며 마음은 포부와 열의로 다시 한가득 차올랐다.

"이제 온 힘을 다해서 공부하고 싶어요."

앤이 다락방에서 책을 가지고 내려오며 말했다.

"아, 오랜 친구들아, 너희들의 순수한 얼굴을 다시 보니 반갑구나. 그래, 기하학 너도. 아주머니, 전 정말 더할 수 없이 멋진 여름을 보냈어요. 지난 일요일에 앨런 목사님이 말씀하신 것처럼, 지금은 경주를 앞둔 철인처럼 기운이 넘쳐요. 앨런 목사님의 설교는 참 감동적이죠? 린드 아주머니는 목사님이 날로 좋아지고 있다고 하시면서, 도시 교회에서 목사님을 데려가면 우린 또다시 햇병아리 목사님을 모셔다가 설교를 들어야 할 거래요. 하지만 미리 걱정한다고 어쩔 수 있나요. 그렇죠, 아주머니? 앨런 목사님이 계시는 동안이라도 그분의 설교를 즐겁게 듣는 게 더 좋다고 생각해요. 제가 남자였다면 목사님이 되고 싶었을 거예요. 신학적 믿음이 건전하다면 다른 사람에게 좋은 영향을 줄 수 있잖아요. 감동적인 설교로 신도들의 마음을 움직일 수 있다는 것도 짜릿할 테고요. 여자는 왜 목사가 될 수 없을까요? 린드 아주머니께 여쭤봤더니 깜짝 놀라시면서 괴상망측한 소리래요. 미국에는 있을지도 모르겠다고 하셨어요. 어쩌면 거긴 있을 거라고요. 하지만 고맙게도 캐나다는 아직 그 지경까진 안 갔고 앞으로도 그런 일은 없길 바란다고 하세요. 그런데 전 왜 그런지 모르겠어요. 여자도 멋진 목사가 될 수 있을 것 같거든요. 교회에서 친목 모임이나 다과회를 열 때도 그렇고 어떤 기금 마련 사업을 할 때도 모두 여자들이 나서서 하잖아요. 린드 아주머니도 분명히 벨 장로님만큼은 기도를 드릴 수 있을 것 같고, 조금만 연습하면 설교도 틀림없이 잘하실 거 같은데 말이에요."

"그래, 그럴 게다. 지금도 연단에만 안 섰지 설교라면 많이 하고 다니니까. 린드 부인이 에이번리를 맡아 감시하면 사람들이 나쁜 짓을 할 새가 없지."

마릴라가 심드렁하게 말했다. 마릴라의 말에 앤이 불쑥 용기가 난 듯 말했다.

"마릴라 아주머니, 아주머니 생각은 어떤지 듣고 싶어요. 큰 걱정이 있거든요. 일요일 낮이면, 그러니까 그런 문제를 더 깊이 생각하는 날에 유독 그래요. 전 정말 착한 사람이 되고 싶거든요. 아주머니나 앨런 사모님, 스테이시 선생님 같은 분들하고 같이 있을 땐 더 그렇고요. 아주머니가 기뻐하실 일이나 괜찮다고 하실 일만 하고 싶어요. 하지만 린드 아주머니하고 있으면 대개는 제가 너무 나쁜 아이 같고, 린드 아주머니가 제게 안 된다고 하시는 일들마다 가서 하고 싶어져요. 너무 하고 싶어서 참을 수 없을 정도예요. 왜 그런 마음이 들까요? 제가 정말 나쁜 아이고 구제불능이라서 그럴까요?"

마릴라는 잠깐 모호한 표정을 짓더니, 이내 웃음을 터뜨렸다.

"네가 나쁜 아이라면 나도 나쁜 사람이구나, 앤. 레이철과 있다 보면 나도 꼭 그럴 때가 있거든. 너도 말했다시

110

피 난 가끔 레이철이 사람들에게 바르게 살라고 잔소리를 해대지 않으면 훨씬 좋은 영향을 줄 거라고 생각한단다. 잔소리를 못하게 하는 다른 계명이 성경에 있으면 좋겠다 싶고. 하지만 이렇게 말하면 안 되겠지. 린드 부인은 훌륭한 기독교인이고, 좋은 마음에서 그러는 거니까. 에이번리에 그녀보다 친절한 사람은 없을 거다. 자기가 맡은 일을 요리조리 피하지도 않고 말이야."

앤이 후련한 듯 말했다.

"아주머니도 저랑 같은 기분이라니 정말 기뻐요. 얼마나 힘이 나는지 몰라요. 앞으로 그 문제는 너무 걱정하지 않을래요. 하지만 걱정할 일은 또 생기겠죠. 새로운 걱정거리는 늘 생기더라고요. 골치 아프게 말이에요. 한 가지를 해결하면 다른 일이 바로 터져요. 갈수록 생각하고 결정해야 할 일이 너무 많아져요. 제대로 고민하고 올바로 결정하느라 쉴 틈이 없다니까요. 어른이 된다는 건 보통 일이 아닌 것 같아요, 그렇죠, 아주머니? 하지만 아주머니나 매슈 아저씨 그리고 앨런 사모님과 스테이시 선생님처럼 좋은 분들이 계시니 전 훌륭히 잘 클 수 있을 거예요. 만약 그렇게 안 된다면 그건 틀림없이 제 탓이겠죠.

기회는 단 한 번뿐이니 책임감도 막중한 거 같아요. 좋은 어른이 되지 못했다고 처음으로 돌아가서 다시 시작할 수는 없잖아요. 전 이번 여름에 키가 6센티미터나 컸어요, 아주머니. 루비의 생일 파티가 있던 날 길리스 아저씨가 키를 재 주셨거든요. 아주머니가 치마를 더 길게 지어 주셔서 참 다행이에요. 진초록색 옷도 정말 예쁘고 주름을 잡아 주셔서 감사해요. 주름 장식이 꼭 필요한 게 아니란 건 알지만 이번 가을에 그게 대유행이라 조시 파이도 옷마다 주름 장식을 달았거든요. 옷 덕분에 공부도 더 잘될 거 같아요. 주름 장식을 생각하면 마음속 깊은 곳까지 굉장히 편안해지니까요."

"주름 장식도 달 만하구나."

마릴라가 고개를 끄덕였다.

스테이시 선생님이 돌아왔다. 학생들은 또다시 공부에 대한 열의로 넘쳤다. 특히 퀸스 입시 준비반 학생들은 각오를 단단히 다졌다. 일 년 후 있을 '입학시험'이라는 운명적 사건은 벌써부터 아이들의 앞길에 희미하게 불안의 그림자를 던졌다. 아이들은 그 생각만으로도 심장이 바닥으로 꺼지는 기분이었다. 합격하지 못하면! 앤은 겨울 내내 눈만 뜨면 그 생각이 머릿속에서 떠나지를 않아, 일요일 오후에도 도덕적이고 신학적인 문제들을 고민할 여유가 없었다. '길버트 블라이드'가 맨 위에 떡하니 적혀 있고 '앤 셜리'는 어디에도 없는 합격자 명단을 애끓는 심정으로 바라보는 악몽도 꾸었다.

그러나 겨울은 즐겁고 바쁘고 행복하고 빠르게 지나갔다. 학교 수업은 예전처럼 흥미로웠고 경쟁도 치열했다. 새로운 생각과 감정, 포부, 아직 개척되지 않은 신선하고 매혹적인 지식의 세계가 열의 가득한 앤의 눈앞에 펼쳐지는 듯했다.

언덕 너머 언덕이 펼쳐지고, 알프스 위로 알프스가 솟아났네*

모두 스테이시 선생님이 능숙하고 신중하며 너그럽게 아이들을 지도한 덕분이었다. 스테이시 선생님은 아이들이 스스로 생각하고 탐구하여 답을 찾아내도록 이끌었고,

* 영국 시인 알렉산더 포프의 시 〈알프스 위의 알프스〉에 나오는 구절

113

정해진 틀을 고수하며 개혁이라면 탐탁지 않게 보는 린드 부인과 학교 이사들이 충격을 받을 정도로 아이들을 익숙한 길에서 빠져나오게 만들었다.

앤은 공부 말고 사교 생활도 넓혀 갔다. 마릴라는 스펜서베일의 의사가 던진 충고를 마음에 담아서 앤의 외출을 더는 막지 않았다. 토론 클럽은 활발히 활동하며 발표회도 몇 차례 열었다. 어른들의 파티와 거의 흡사한 파티도 한두 번 있었다. 썰매나 스케이트를 타며 시름을 털고 즐겁게 논 적도 많았다.

그 사이 앤은 키도 훌쩍 자랐다. 마릴라는 어느 날 앤과 나란히 섰다가 앤의 키가 더 크다는 것을 깨닫고 깜짝 놀랐다.

"세상에, 앤, 언제 이렇게 컸니!"

마릴라는 믿기지 않는다는 듯 말했다. 말끝에 한숨이 따라 나왔다. 마릴라는 알 수 없는 서운함을 느꼈다. 마릴라에게 사랑하는 법을 가르쳐 준 어린아이는 어디론가 사라지고, 그 자리에 진지한 눈빛을 한 키 큰 열다섯 살 소녀가 사려 깊은 조그마한 얼굴을 당당히 들고 서 있었다. 어린아이를 사랑한 만큼 눈앞의 소녀도 사랑했지만, 마릴라는 뭐라고 설명할 수 없는 슬픈 상실감이 밀려왔다.

그날 밤 앤이 다이애나와 함께 기도회에 간 뒤, 마릴라는 겨울날의 쌀쌀한 황혼 속에 혼자 앉아 마음껏 울음을 터뜨렸다. 손전등을 들고 들어오던 매슈가 깜짝 놀라 쳐다보자, 마릴라는 눈물이 흐르는 얼굴로 웃음을 지을 수밖에 없었다.

"앤 생각을 하고 있었어요. 이제 다 컸어요. 아마도 내년 겨울엔 우리 곁에 없겠죠. 앤이 너무 보고 싶을 거예요."

"집에 자주 올 수 있을 게야. 그때쯤 카모디행 지선철도가 연결될 테니까."

매슈가 마릴라를 위로했다. 매슈에게 앤은 여전히 4년 전 6월 어느 저녁에 브라이트리버 역에서 집으로 데려온 작고 간절한 어린아이였다. 마릴라는 우울하게 한숨을 쉬며, 위로받지 못하는 슬픔이라면 차라리 마음껏 슬퍼하자고 결심했다.

"그래도 여기 사는 것과는 다르겠죠. 하긴, 남자들이 이런 기분에 대해 뭘 알겠어요!"

신체적인 변화 말고도 앤에게는 확실히 다른 변화들도 일어났다. 말수가 적어진 것도 그중 하나였다. 어쩌면 생각은 더 많아지고 예전과 다름없이 꿈도 꾸는지 모르지만 말이 줄어든 것은 확실했다. 마릴라도 이 점을 알아채고 앤에게 물었다.

"떠드는 소리가 예전의 반도 안 들리는구나, 앤. 거창한 표현도 줄었고. 무슨 일 있었니?"

앤이 얼굴을 붉히며 살짝 웃더니, 책을 내려놓고 꿈을 꾸듯 창밖을 내다봤다. 담쟁이덩굴이 봄 햇살의 유혹을 못 이기고 크고 통통한 빨간 꽃눈을 터뜨리고 있었다. 앤이 집게손가락으로 턱을 누르며 생각에 잠긴 얼굴로 말했다.

"잘 모르겠어요. 별로 말을 하고 싶지 않아요. 예쁘고 소중한 생각들은 보석처럼 마음속에 담아두는 게 더 좋아요. 그런 생각들이 비웃음을 당하거나 호기심의 대상이 되는 게 싫거든요. 그리고 왠지 거창한 표현도 더는 쓰고 싶지 않아요. 아쉽기는 해요. 이젠 그런 말을 하고 싶으면 해도 될 만큼 컸는데 말이에요. 어른이 된다는 건 어떤 면에서는 재미있어요. 하지만 제가 생각했던 그런 재미는 아니에요, 아주머니. 배우고 생각해야 할 일들이 너무 많아서 거창한 말을 할 시간이 없나 봐요. 게다가 스테이시

선생님도 짧은 말이 훨씬 더 강렬하고 효과적이라고 하셨어요. 선생님은 수필을 쓸 때도 최대한 간결하게 쓰라고 하세요. 처음엔 힘들더라고요. 전 온갖 멋지고 거창한 말들을 다 갖다 붙이는 데 워낙 익숙하잖아요. 그런 말이라면 얼마든지 생각해 낼 수 있었으니까요. 하지만 이젠 글을 간결하게 쓰는 데 익숙해졌고, 그게 훨씬 좋다는 것도 알게 됐어요."

"이야기 클럽은 어떻게 됐니? 한참 동안 못 들은 것 같구나."

"이야기 클럽은 이제 없어요. 시간도 없고, 어쨌든 다들 싫증이 나기도 했고요. 사랑이니 살인이니 도피니 신비한 사건이니 하는 글을 쓴다는 건 어리석었어요. 스테이시 선생님도 가끔 작문 연습 삼아 이야기를 지어 보라고 시키시지만, 보통은 에이번리의 생활 속에서 일어나는 일들로 글을 쓰게 하세요. 그리고 그 글들을 아주 날카롭게 비평하시면서, 우리에게도 각자 쓴 글을 비평하라고 해요. 전 제 글을 직접 읽어 보기 전까지 그렇게 문제가 많은 줄 몰랐어요. 너무 부끄러워서 다시는 글을 쓰고 싶지 않았는데, 스테이시 선생님이 그러셨어요. 스스로를 가장 날카롭게 비판하는 훈련만 쌓으면 저도 글을 잘 쓸 수 있다고요. 그래서 노력하는 중이에요."

"입학시험까지 이제 두 달밖에 안 남았구나. 그래, 합격할 거 같니? 어떻니?"

"모르겠어요. 어쩔 땐 괜찮을 거 같고, 그러다가도 어쩔 땐 너무 겁이 나요. 다들 열심히 공부했고 스테이시 선생님도 꼼꼼히 가르쳐주시지만, 그래도 합격은 어려울지 모르죠. 모두 저마다 약점이 있으니까요. 저는 물론 기하학이고요. 제인은 라틴어가 약하고, 루비와 찰리는 대수학이 어려워요. 조시는 연산이 서툴러요. 무디 스퍼전은 영국사 시험을 망칠 거 같대요. 스테이시 선생님이 6월에 입학시험 같은 난이도로 모의시험을 보신댔어요. 채점도 똑같이 엄격하게 하신댔으니, 그 결과를 보면 가늠이 되겠죠. 어서 다 끝났으면 좋겠어요, 아주머니. 시험 생각이 머릿속에서 떠나질 않아요. 가끔 한밤중에 잠이 깨서 시험에 떨어지면 어떡하나 걱정할 때도 있고요."

앤이 몸을 떨었다.

"그럼 더 공부해서 내년에 시험을 다시 보면 되지."

마릴라가 태연하게 말했다.

"아, 전 못 그럴 거 같아요. 떨어지면 얼마나 창피하겠어요. 특히 길…… 다른 아이들은 다 합격했는데 저 혼자 떨어지기라도 하면 말이에요. 시험 볼 때 너무 긴장을 해서 시험을 망칠지도 몰라요. 제인 앤드루스처럼 강심장이라면 얼마나 좋을까요. 제인은 무슨 일이 있어도 떨지 않거든요."

앤이 한숨을 쉬었다. 그러고는 산들바람과 푸른 하늘이 손짓하고 정원에서는 초록빛 새싹이 움트는 마법 같은 봄의 세계에서 시선을 거두며, 마음을 다잡은 듯 책에 빠져들었다. 봄은 또다시 찾아오겠지만 이번 입학시험에 합격하지 못하면 절대로 그 봄을 만끽하지 못하리라고 앤은 확신했다.

합격자 명단이 발표되다

6월이 끝나면서 학기도 끝났고 스테이시 선생님의 에이번리 학교 임기도 끝이 났다. 그날 저녁 앤과 다이애나는 무거운 마음으로 집으로 돌아왔다. 붉게 충혈된 눈과 흠뻑 젖은 손수건으로 미루어 보아, 스테이시 선생님의 작별 인사도 3년 전 필립스 선생님이 떠날 때 남겼던 작별 인사만큼 감동적이었던 게 분명했다. 다이애나가 가문비나무 언덕 밑에서 학교를 돌아보더니 한숨을 길게 내쉬며 울적하게 말했다.

"모든 게 끝난 것만 같지 않니?"

"그래도 나 같은 기분은 아닐 거야. 넌 새학기에 다시 저 학교에 가겠지만, 난 정든 학교를 영원히 떠나게 될 테니까. 운이 좋아야 그렇게 되겠지만."

앤이 손수건에서 부질없이 젖지 않은 부분을 찾으면서 말했다.

"예전과는 많이 다르겠지. 스테이시 선생님도 안 계시고, 너도, 제인이랑 루비도 없을 테니까. 난 내내 혼자 앉을 거야. 너 말고 다른 짝은 생각하고 싶지도 않아. 아, 앤, 우린 정말 행복한 시절을 보냈구나, 그렇지, 앤? 이제 끝이라고 생각하니 끔찍해."

커다란 눈물 두 방울이 다이애나의 코 옆으로 흘렀다.

앤이 애원했다.

"네가 안 울어야 나도 안 울지. 손수건을 집어넣자마자 네가 눈물을 쏟으니까 나도 또 눈물이 나잖아. 린드 아주머니 말씀대로 '기운이 나지 않더라도 최대한 기운을 내자.' 어쩌면 난 내년에도 여기 있을지 모르잖아. 지금도 예감이 떨어질 것만 같아. 불안할 정도로 자주 그런 생각이 들어."

"아니야. 스테이시 선생님의 모의시험에서 점수도 잘

받았잖아."

"그랬지. 하지만 모의시험은 긴장이 안 됐으니까. 진짜 시험을 생각하면 얼마나 오싹하고 조마조마한지 넌 상상도 못할걸. 게다가 내 수험 번호가 13번인데, 조시 파이가 숫자가 너무 불길하대. 난 미신을 믿지도 않고, 번호 같은 건 아무래도 상관없다는 거 알아. 그래도 13번이 아니면 좋았을 텐데."

"입학시험 날 나도 따라가면 좋을 텐데. 그럼 우리 둘이 정말 멋진 시간을 보낼 텐데, 그렇지? 하지만 넌 저녁에 공부해야겠지."

다이애나가 말했다.

"아니야. 스테이시 선생님이 책은 들춰 보지도 말라고 다짐을 받으셨어. 괜히 피곤하고 헷갈리기만 한다고, 저녁에는 산책이나 하다가 시험 생각은 하지도 말고 일찍 자라고 하셨어. 뜻은 좋지만 따르긴 힘든 충고인 거 같아. 좋은 충고라는 게 원래 그렇잖아. 프리시 앤드루스가 그러는데, 자기는 시험을 치던 주 내내 밤마다 새벽까지 앉아서 필사적으로 공부를 했대. 나도 못해도 프리시 앤드루스가 한 만큼은 하려고 결심했어. 배리 할머니께서 친

125

절하게도 샬럿타운에 있는 동안 '너도밤나무집'에 묵으라
고 하셨어."

"거기 가 있는 동안 편지 할 거지?"

"첫날 시험이 어땠는지 화요일 밤에 편지할게."

앤이 약속했다.

"수요일엔 우체국에 꼭 붙어 있어야겠다."

다이애나도 다짐했다.

월요일이 되자 앤은 샬럿타운으로 떠났고, 약속대로
수요일에 우체국 앞만 서성이던 다이애나는 앤의 편지를
받았다.

　　사랑하는 다이애나에게

　　지금은 화요일 밤이고, 나는 '너도밤나무집'의 서재에
서 이 편지를 쓰고 있어. 지난밤은 혼자 방에 있는 게 견
딜 수 없이 외로워서 정말로 네가 같이 있으면 좋겠다고
생각했어. 스테이시 선생님과 약속했기 때문에 '벼락치
기'는 할 수 없었지만, 역사책을 펼쳐 보고 싶은 마음을
억누르기가 정말이지 힘들더라. 수업 시간에 소설책 읽고

싶은 마음을 참을 때랑 똑같았어.

오늘 아침에 스테이시 선생님이 학교에 데려다주러 오셨어. 학교에 가는 길에 제인, 루비, 조시가 묵는 곳에도 들러 모두 같이 갔어. 루비가 자기 손을 만져보라고 했는데, 손이 얼음장처럼 찼어. 조시는 나더러 밤에 한숨도 못 잔 사람처럼 보인다면서, 내가 몸이 약해서 합격을 한다 해도 힘든 교육 과정을 버티지 못할 거래. 난 아직도 어떻게 해야 조시 파이를 좋아할 수 있을지 도무지 모르겠는 때가 많아!

학교에 도착하니 섬의 다른 지역에서 온 학생들이 아주 많았어. 제일 먼저 만난 사람은 무디 스퍼전이었는데, 계단에 앉아서 혼자 뭔가를 중얼거리고 있더라. 제인이 뭐 하는 거냐고 묻자, 긴장을 풀려고 구구단을 몇 번째 외고 있는 중이래. 잠시라도 멈추면 떨려서 아는 걸 다 까먹을 것 같으니 제발 방해하지 말라는 거야. 구구단을 외우면 자기가 알고 있는 내용들이 제자리에 딱 붙어 있을 것 같다고 말이야!

스테이시 선생님은 밖에 계시고 우리는 배정받은 교실로 들어갔어. 난 제인과 같이 앉았는데, 제인은 무척 차분해 보여서 부러웠어. 머리 좋고, 침착하고, 이성적인 제인에게 구구단 같은 건 필요 없지! 나는 기분이 얼굴에 고스란히 드러나지 않을까, 내 심장 뛰는 소리가 교실 끝에서도 선명하게 들리는 건 아닐까 걱정될 정도였는데 말이야. 그때 어떤 남자가 들어오더니 영어 시험지를 나누어 줬어. 시험지를 받아드는데 손은 점점 싸늘해지고 머리가 빙글빙글 돌더라. 잠깐이지만 끔찍한 순간이었어. 다이애나, 4년 전 마릴라 아주머니께 초록 지붕 집에서 살아도 되는지 여쭐 때도 꼭 그런 기분이었거든. 그러다가 금방 머릿속이 맑아지면서 심장이 다시 뛰기 시작하는 거야! 말하는 걸 깜박 잊었는데, 심장이 완전히 멈췄었거든. 어찌 됐든 그 종이를 보니 내가 뭔가 할 수 있다는 걸 알게 된 거야.

정오에는 집으로 돌아가 점심을 먹고 다시 학교로 가서 오후에 역사 시험을 쳤어. 문제가 상당히 어려워서, 머릿속에서 연도가 뒤죽박죽이 돼서 얼마나 애먹었는지 몰라. 그래도 오늘 시험은 꽤 잘 친 것 같아. 하지만 아, 다이애나, 내일은 기하학 시험이 있어. 그 생각을 할 때마다 유클리드 기하학 책을 보지 않겠다는 결심이 산산이 부서

지는 것 같아. 구구단이 조금이라도 도움이 된다면 지금부터 내일 아침까지라도 구구단을 외울 텐데.

저녁에는 다른 아이들을 만나러 나갔어. 가는 길에 무디 스퍼전을 만났는데 안절부절못하며 서성대고 있더라고. 역사 시험을 망쳤다고, 자기는 태어날 때부터 부모님을 실망시킬 운명이었다면서 다음 날 아침 기차로 집에 돌아간다는 거야. 목사보다는 목수가 되는 게 더 쉬울 거라나. 나는 그 애한테 힘내라고, 집에 가지 말고 시험을 끝까지 치라고 설득했어. 시험을 포기하는 건 스테이시 선생님께도 도리가 아니라고 말이야. 나는 가끔 남자로 태어났으면 좋았겠다는 생각도 하지만, 무디 스퍼전을 볼 때면 내가 여자이고 또 그 애랑 남매가 아닌 게 다행인 것 같아.

루비가 묵는 집에 갔더니 루비는 거의 제정신이 아니었어. 영어 시험에서 큰 실수를 하나 했는데 그때서야 깨달은 거야. 루비가 진정된 뒤에 우리는 시내로 나가서 아이스크림을 먹었어. 모두 너도 함께였으면 얼마나 좋을까, 하고 얘기했어.

아, 다이애나, 기하학 시험만 얼른 끝나면 더 바랄 게 없겠어! 하지만 린드 아주머니 말씀처럼 내가 기하학 시험을 망치든 말든 태양은 여전히 떠오르고 또 질 테지. 맞는 말이지만 별로 위로는 되지 않아. 내가 시험을 망치면 태양도 멈춰 버렸으면 좋겠어!

온 마음으로 너를 사랑하는 앤

기하학 시험과 나머지 시험들이 모두 일정대로 끝나고 앤은 금요일 저녁에 집으로 돌아왔다. 약간 지쳐 보였지만 역경을 이겨냈다는 승리감이 얼굴에 감돌았다. 초록 지붕 집에서 기다리고 있던 다이애나와 앤은 몇 년만에 만난 것처럼 반가워했다.

"앤, 보고 싶었어. 네가 와서 얼마나 기쁜지 몰라. 네가 없는 시간이 꼭 일 년은 된 거 같았어. 아, 앤, 시험은 어땠어?"

"기하학 빼고는 다 잘 본 거 같아. 합격할 수 있을지 어떨지 모르겠어. 꼭 떨어질 것만 같은 게 예감이 불길해. 그래도 돌아오니까 얼마나 좋은지! 초록 지붕 집은 이 세상에서 가장 정답고 아름다운 곳이야."

"다른 애들은 어때?"

"여자애들도 말은 떨어질 거 같다고 하는데 다들 잘 본 거 같아. 조시는 기하학 시험이 너무 쉬워서 열 살짜리도 풀 수 있었을 거래! 무디 스퍼전은 아직도 역사 시험을 망쳤다고 생각하고, 찰리는 대수학을 망쳤대. 하지만 정확한 건 아무도 몰라. 합격자 명단이 발표될 때까진 알 수 없지. 발표까지 2주일은 기다려야 할 텐데. 2주일이나 이렇게 조마조마한 마음으로 지내야 한다니! 발표날까지 잠들어서 깨지 않았으면 좋겠어."

다이애나는 길버트 블라이드가 시험을 잘 봤는지는 물어도 소용없을 거라는 생각에 이렇게만 얘기했다.

"넌 합격할 거야. 걱정하지 마."

"좋은 성적으로 붙지 못할 거면 차라리 떨어지는 게 나아."

길버트 블라이드보다 좋은 성적을 받지 못하면 합격해도 실패나 다름없이 쓰라릴 것이라는 뜻으로 앤이 불쑥 말했다. 다이애나도 앤의 속마음을 잘 알았다.

이런 생각 때문에 앤은 시험 기간 내내 마음을 졸였다. 그건 길버트도 마찬가지였다. 두 사람은 거리에서 수없이 마주쳤지만 서로 아는 체도 않고 지나쳐 버리곤 했다. 그

때마다 앤은 고개를 조금 더 똑바로 치켜들고 내심 길버트가 손을 내밀었을 때 친구가 되었다면 좋았을 거라고 생각하면서도, 시험에서 길버트를 이겨야 한다고 더 굳게 다짐했다. 에이번리의 어린 학생들 사이에서도 둘 중 누가 1등을 차지할지가 초미의 관심사였고, 앤도 그것을 알았다. 지미 글로버와 네드 라이트는 이 일로 내기까지 걸었고, 조시 파이가 보나 마나 길버트가 이길 거라고 장담했다는 소리도 들었다. 그러니 만약 합격조차 못한다면 그 수치심은 도저히 견딜 수 없을 것 같았다.

그러나 앤이 합격을 바라는 데에는 좀 더 기특한 다른 이유가 있었다. 앤은 매슈와 마릴라를 위해, 특히 매슈 때문에 '높은 등수'로 합격하고 싶었다. 매슈는 앤에게 분명히 '온 섬을 통틀어 1등'을 할 거라고 말했다. 하지만 앤은 자기 맘대로 꾸는 꿈에서조차 가망 없는 일이라고 생각했다. 10등 안에만 들기를, 그래서 매슈의 다정한 갈색 눈동자가 자랑스럽게 빛나는 모습을 볼 수 있기를 간절히 바랐다. 상상력이라고는 눈곱만큼도 필요 없는 방정식과 동사 활용 따위를 끈질기게 파고들며 열심히 공부한 데 대한 달콤한 보상으로 이것만 한 게 없다고 생각했다.

2주일이란 시간이 끝날 무렵 앤은 제인, 루비, 조시와 함께 우체국을 들락거리면서, 입학시험을 볼 때처럼 심장이 내려앉는 조마조마한 심정으로 손을 떨며 샬럿타운 일간지들을 펼쳐 봤다. 찰리와 길버트도 다르지 않았지만 무디 스퍼전만은 절대 나오지 않았다.

무디 스퍼전은 앤에게 이렇게 말했다.

"거길 가서 태연스레 신문을 들여다볼 용기가 나질 않아. 누가 와서 합격 여부를 알려줄 때까지 그냥 기다릴래."

합격자 발표 없이 3주가 지나자, 앤은 정말이지 초조함에 바싹 타들어갔다. 입맛도 사라지고 에이번리에서 일어나는 일들에도 관심이 시들해졌다. 린드 부인은 보수당 사람이 교육감으로 앉아 있는 마당에 무슨 기대를 하겠냐고 말했고, 매슈는 오후마다 우체국에 갔다가 창백하고 넋 나간 얼굴로 터벅터벅 걸어오는 앤을 보면서 다음 선거에서는 자유당에 투표하는 게 낫지 않을까 심각하게 고민했다.

그러던 어느 날 저녁, 소식이 날아들었다. 앤은 창을 열고 그 앞에 앉아 시험 걱정이며 이런저런 근심을 다 잊고 여름 저녁의 아름다운 황혼에 취해 있었다. 정원에 핀 꽃들이 향긋한 숨을 뿜어내고 포플러나무의 나뭇잎들이 서로 비비대며 바스락바스락 소리를 내는 저녁이었다. 전나무 숲 너머 동쪽 하늘은 서쪽 노을에 반사되어 엷게 분홍빛으로 물들었고, 앤은 색色의 정령이 있다면 저런 모습이 아닐까 꿈꾸듯 생각하고 있었다. 그때 다이애나가 한 손에 신문을 흔들며 전나무 숲을 지나 통나무 다리를 건너고 비탈을 오르는 모습이 보였다.

앤은 벌떡 일어섰다. 무슨 일인지 단번에 알 수 있었다. 합격자 명단이 발표된 것이다! 머리가 빙그르르 돌고 심장이 아프도록 뛰었다. 한 걸음도 뗄 수가 없었다. 다이애나가 복도를 달려 흥분을 주체 못하고 노크도 없이 방으로 뛰어들기까지 한 시간은 지난 것 같았다.

다이애나가 소리쳤다.

"앤, 합격했어. 1등으로 합격했어. 너랑 길버트랑 같이, 공동 1등이야. 그래도 네 이름이 맨 위에 있어. 아, 정말 자랑스러워!"

다이애나가 신문을 탁자 위로 던지고는 앤의 침대로 쓰러졌다. 너무 숨이 가빠 더는 말하기가 힘든 모양이었다. 앤은 손을 떨며 성냥통을 열었고, 성냥을 대여섯 개비나 쓰고야 겨우 등에 불을 붙일 수 있었다. 그리고 낚아채 듯이 신문을 집어 들었다. 맞았다. 합격이었다. 앤의 이름이 200명 명단의 가장 위에 있었다! 마음을 졸이며 기다린 보람이 있었다.

"정말 멋지게 해냈어, 앤."

다이애나가 앉아서 얘기할 만큼 기운을 되찾고 숨을 몰아쉬며 말했다. 앤은 눈만 반짝일 뿐 한 마디도 하지 못했다.

"아버지가 브라이트리버 역에서 신문을 가져오신 지 10분도 안 됐어. 신문이 오후 기차로 와서 우체국에는 내일이나 도착할 거 아냐. 그래서 합격자 명단을 보자마자 미친 듯이 달려왔다니까. 너희들 전부 합격이야. 무디 스퍼전도 역사 시험을 다시 봐야 하긴 하지만 합격했어. 제인이랑 루비도 꽤 잘했더라. 둘 다 100등 안에 들었어. 찰리도 그렇고. 조시 파이는 3점 차로 간신히 합격했지만 자기가 1등이라도 한 것처럼 우쭐댈 테지. 스테이시 선생님이 기뻐하시겠지? 아, 앤, 이렇게 합격자 명단 첫 번째 줄에 이름이 오르니 기분이 어때? 나라면 너무 기뻐서 정신을 못 차릴 거야. 난 지금도 반쯤 넋이 나간 것 같은데,

넌 봄날 저녁처럼 조용하고 차분해 보여."

"나도 속으로는 지금 제정신이 아니야. 하고 싶은 말이 너무 많은데 무슨 말을 어떻게 해야 할지 모르겠어. 꿈도 안 꾸던 건데. 아니, 꿈은 꿨지. 딱 한 번! 언젠가 '1등을 하면 어떨까?' 하고 떨면서 생각한 적이 있어. 내가 섬에서 1등을 한다고 생각하는 것 자체가 헛된 자만 같았거든. 잠깐만, 다이애나. 얼른 밭으로 달려가서 매슈 아저씨께 알려 드려야겠어. 그런 다음 큰길로 나가서 다른 아이들한테도 이 반가운 소식을 알려 주자."

앤과 다이애나는 헛간 아래 건초밭에서 건초를 말고 있는 매슈에게 달려갔다. 운 좋게도 린드 부인이 길가 울타리에서 마릴라와 얘기를 나누고 있었다.

앤이 소리쳤다.

"아, 아저씨. 저 합격했어요. 1등으로, 아니, 1등 중 한 명으로요! 자랑하는 거 아니고요, 정말 감사해요."

매슈가 기뻐하며 합격자 명단을 들여다봤다.

"거봐라. 내가 그럴 거라고 늘 말했잖니. 네가 수월하게 1등을 해낼 줄 알고 있었다."

"아주 잘해냈구나, 앤."

마릴라는 앤이 한없이 자랑스러웠지만, 흠잡기 좋아하는 린드 부인에게 들킬 새라 마음을 감추었다. 그러나 마음 좋은 린드 부인은 진심으로 축하해 주었다.

"앤이 정말 잘한 것 같군요. 이런 칭찬은 받아야지. 친구들한테도 자랑거리가 되겠구나, 앤. 우리 모두 네가 자랑스럽단다."

그날 밤, 목사관에서 앨런 부인과 짧지만 진지한 대화를 나누며 기쁜 저녁을 마무리한 앤은 열린 창으로 쏟아지는 환한 달빛을 받으며 무릎을 꿇고 앉아 마음에서 우러나온 감사와 염원의 기도를 읊조렸다. 과거에 대한 감사와 미래에 대한 경건한 소망이 담긴 기도였다. 그러고는 새하얀 베개를 베고 잠이 든 앤은 꿈속에서 어엿한 아가씨라면 꾸고 싶을 법한 밝고 아름다운 꿈을 꾸었다.

호텔 발표회

"꼭 하얀색 오건디 원피스를 입어야 해, 앤."

다이애나가 단호하게 말했다.

다이애나는 앤과 함께 동쪽 다락방에 있었다. 밖은 막 땅거미가 지기 시작했다. 구름 한 점 없이 맑은 파란 하늘은 아름다운 연둣빛 노을로 물들었다. '유령의 숲' 위에 희미하게 걸려 있던 커다란 보름달이 점점 깊은 은빛을 발하며 환해졌다. 졸린 듯 지저귀는 새소리와 변덕스런 산들바람 소리, 멀리서 들려오는 사람들의 말소리와 웃음소리 같은 정다운 여름 소리들이 대기를 가득 채웠다. 하지만 블라인드를 내리고 불빛만 환히 밝힌 앤의 방 안에서는 중요한 일을 앞둔 몸단장이 한창이었다.

동쪽 다락방은 처음과는 딴판으로 바뀌어 있었다. 4년 전 그날 밤, 앤이 처음 발을 들였을 때는 사람이 견디기 힘든 텅 빈 한기가 뼛속까지 파고드는 방이었다. 그러던 것이 조금씩 바뀌었고, 마릴라가 체념하는 심정으로 모른 척해준 덕에 지금은 여자아이라면 갖고 싶어 할 만큼 사랑스럽고 아기자기한 보금자리로 변해 있었다.

앤이 처음에 바랐던 분홍 장미를 수놓은 벨벳 양탄자와 분홍 실크 커튼은 끝내 실현되지 못했다. 하지만 앤이 자라면서 꿈도 같이 자란 덕에 이제 그런 것쯤은 크게 아쉽지 않았다. 대신 바닥에 예쁜 깔개가 깔리고, 창문 저 위에 연한 초록색 모슬린 커튼이 부드럽게 드리워져 미풍이 불 때면 한들한들 바람에 날렸다. 앙증맞은 사과꽃 벽지를 바른 벽에는 금색과 은색 명주실로 짠 고급 실크 태피스트리는 없어도 앨런 부인이 선물한 멋진 그림 몇 점이 걸려 있었다. 스테이시 선생님의 사진이 가장 좋은 자리를 차지했고, 선생님 사진 아래 선반에는 앤이 감성적인 마음을 담아 늘 싱싱한 꽃을 두었다. 오늘 밤에는 하안 백합꽃이 줄지어 달린 긴 백합 한 송이가 꿈결처럼 은은한 향으로 방을 가득 채웠다. '마호가니 가구' 같은 건 없지만 하얗게 칠한 책장에 책들이 빼곡했고, 방석을 깐 고리버들 의자와 하얀 모슬린으로 주름 장식을 단 화장대 그리고 금테를 예스럽게 두른 거울이 놓여 있었다. 거울은 손님방에 걸어 두었던 것인데, 둥근 윗부분에 포동포동한 분홍색 큐피드와 보라색 포도 그림도 보였다. 그리고 야트막한 하얀 침대가 있었다.

앤은 화이트샌즈 호텔에서 열리는 발표회에 가려고 옷을 입는 중이었다. 호텔 손님들이 샬럿타운 병원을 후원하려고 마련한 행사로, 인근 지역의 재능 있는 사람들 여럿이 도움을 주기로 했다. 화이트샌즈 침례교회 성가대원인 버사 샘프슨과 펄 클레이는 이중창을 해달라는 요청을 받았고, 뉴브리지의 밀튼 클라크는 바이올린 독주를 할 예정이었다. 카모디의 위니 아델라 블레어는 스코틀랜드 민요를 부르기로 했고, 스펜서베일의 로라 스펜서와 에이번리의 앤 셜리는 시 낭송을 맡았다.

앤이 언젠가 얘기했듯 이것은 '인생의 획기적인 사건'이었다. 앤은 가슴 벅찬 흥분을 기꺼이 즐겼다. 매슈는 앤에게 주어진 영광에 천국에라도 오른 듯이 기쁘고 뿌듯했다. 마릴라도 매슈 못지않게 기뻤지만 그 사실을 인정하느니 죽음을 택하고 말 성격 탓에, 그 많은 젊은 사람들이 제대로 된 보호자도 없이 호텔에 드나드는 것은 매우 바람직하지 못하다고 말했다.

앤과 다이애나는 제인 앤드루스와 함께 제인의 오빠 빌리가 모는 마차를 타고 가기로 했다. 에이번리의 다른 아이들 몇 명도 발표회를 보러 올 예정이었다. 시내에서 온 방문객들을 위해 파티가 열리고, 발표회가 끝난 뒤 출연자들을 위해 만찬도 준비되어 있다고 했다.

"정말 오건디 원피스가 제일 괜찮니? 난 꽃무늬가 있는 파란색 모슬린 원피스가 더 예쁜 거 같은데. 확실히 유행으로 봐도 그렇고 말이야."

앤이 걱정스럽게 물었다.

"하얀 원피스가 너한테 훨씬 잘 어울려. 그 옷은 정말 부드럽게 주름이 지면서 몸에 감기거든. 모슬린 옷은 뻣뻣해서 너무 차려입은 느낌을 주는데, 오건디는 꼭 네 몸에 맞춘 것 같다니까."

앤은 한숨을 쉬며 다이애나의 선택을 받아들였다. 다

이애나는 옷 입는 감각이 뛰어나다는 말을 들었고, 그런 문제로 다이애나에게 조언을 구하는 사람도 많았다. 다이애나는 이 특별한 밤을 위해 들장미처럼 사랑스러운 분홍빛 드레스를, 앤은 도저히 엄두도 낼 수 없는 분홍 드레스를 입었고 무척 예뻤다. 하지만 다이애나는 발표회에서 맡은 역할이 없기 때문에 지금 중요한 것은 다이애나의 옷이 아니었다. 다이애나는 에이번리의 명예를 위해서라도 여왕에 버금가는 옷차림과 머리 모양과 장식을 해 주겠다고 다짐했고, 온 신경을 앤에게 쏟았다.

"저쪽 주름을 조금만 더 당겨, 그렇지. 자, 허리에 띠를 둘러 줄게. 이제 신발을 신어. 머리는 두 갈래로 땋아서 중간쯤에 하얀 리본을 크게 묶을 거야. 아니야, 이마에 머리카락을 내리지 마. 그냥 자연스럽게 둬. 앤, 넌 네게 어울리는 머리 모양이 뭔지 잘 모르더라. 앨런 사모님도 네가 그렇게 머리를 가르면 꼭 성모마리아처럼 보인다고 하셨어. 이 작은 하얀 장미를 귀 뒤에 꽂자. 우리 장미덩굴에 한 송이가 피었기에 너 주려고 가져왔어."

"진주 목걸이를 해도 될까? 매슈 아저씨가 지난주에 시내에 나가셨다가 사 오셨는데, 목걸이를 한 모습을 보고 싫어 하실 거야."

앤이 물었다.

다이애나가 입술을 오므리고 검은 머리를 갸웃거리며 고민하더니 괜찮다고 말했다. 앤은 가느다란 우윳빛 목에 목걸이를 걸었다.

"네게는 뭔가 우아한 분위기가 있어, 앤. 넌 자신만만하게 고개도 똑바로 들고 다니잖아. 네가 날씬해서 그런가 봐. 나는 이렇게 뚱뚱하잖아. 살이 찔까 봐 늘 걱정이었는데, 결국 이렇게 되어 버렸어. 이젠 포기해야 할까 봐."

다이애나가 감탄 어린 목소리로 말했다. 질투심이라고는 하나도 들어 있지 않았다.

앤이 맞닿을 듯 가까이에 있는 예쁘고 생기 넘치는 얼굴을 향해 다정하게 미소 지었다.

"다이애나, 네겐 멋진 보조개가 있잖아. 예쁜 보조개가 마치 크림을 콕 찍은 모양 같아. 나야말로 보조개가 생길 거란 희망은 모두 포기했어. 보조개를 바라는 내 꿈은 영원히 이루어지지 않을 거야. 하지만 다른 꿈을 많이 이뤘으니까 절대 불평하면 안 되겠지. 이제 준비는 끝난 거니?"

"다 됐어."

다이애나가 대답하자마자 마릴라가 문가에 나타났다. 예전보다 머리도 희끗해지고 더 말라 수척해진 모습이었지만 표정은 훨씬 더 부드러웠다.

"들어와서 우리의 시 낭송가를 한번 보세요, 아주머니. 정말 예쁘지 않아요?"

"단정하고 반듯해 보이는구나. 머리 모양도 마음에 들고. 하지만 이슬까지 내린 흙길을 마차로 달리면 더러워질 거 같은데. 그리고 이렇게 습한 밤에 옷이 너무 얇은 것도 같고. 오건디는 세상에서 제일 쓸모없는 천이야. 오라버니가 그 천을 사 왔을 때도 그렇게 말해 줬지. 하지만 요즘 오라버니는 무슨 말을 해도 소용이 없더구나. 전에는 내 충고를 잘 따랐는데. 이젠 앤을 위해서라면 뭐든 사다 나르니 카모디의 가게 점원들도 오라버니한테 못 팔게 없다는 걸 알지. 점원들이 이게 예쁘다, 유행이다 말만 하면 오라버니가 척척 돈을 갖다 바치니 말이다. 앤, 치맛자락이 바퀴에 닿지 않게 조심하고, 위에 따뜻한 외투를 입고 가거라."

마릴라가 비웃는 소린지 않는 소린지 모를 목소리로 말했다. 말을 마치고 계단을 성큼성큼 내려가던 마릴라는

예쁜 앤의 모습에 뿌듯하여 '한줄기 달빛이 이마에서 왕
관까지 흐르네'라는 시구가 떠올랐다. 발표회에 가서 앤
의 시 낭송을 들을 수 없어 아쉬웠다.

"이 옷을 입기에 날이 너무 눅눅한가?"

앤이 걱정스럽게 물었다.

"천만에. 더없이 완벽한 밤이야. 이슬 한 방울 내리지
않을걸. 저 달빛을 봐."

다이애나가 블라인드를 들추며 말했다.

"내 방 창이 해가 뜨는 동쪽으로 나 있어서 정말 좋아.
길게 이어진 저 언덕 위로 아침이 밝아 오고 뾰족한 전나
무 꼭대기 사이로 빛이 스며드는 광경은 정말 멋져. 아침
은 날마다 새롭고, 갓 떠오른 햇살에 내 영혼이 씻기는 기
분마저 든다니까. 아, 다이애나, 난 이 작은 방이 너무 좋
아. 다음 달부터 시내로 가면 이 방 없이 어떻게 견딜지
모르겠어."

앤이 다이애나에게 다가가며 말했다.

"오늘 밤엔 떠나는 얘긴 하지 말아 줘. 그 생각만 하면
너무 우울해서 생각하고 싶지 않아. 오늘 저녁은 그냥 즐
겁게 보내고 싶어. 낭송할 시는 뭐야, 앤? 긴장되니?"

다이애나가 애원하듯 말했다.

"전혀. 그동안 사람들 앞에서 낭송을 자주했더니, 이제는 조금도 걱정되거나 하지 않아. 〈소녀의 맹세〉라는 정말 슬픈 시야. 로라 스펜서는 웃긴 시를 암송한다던데, 나는 사람들을 웃기는 것보다 울리는 게 좋아."

"앙코르를 받으면 뭘 낭송할 건데?"

"누가 내게 앙코르를 청하기나 하려고."

앤이 코웃음을 쳤지만 내심 앙코르를 받고 싶은 마음도 있어서, 벌써 다음 날 아침 식탁에서 매슈에게 신나게 떠들어대는 상상까지 해본 터였다.

"빌리와 제인이 오나 봐. 마차 바퀴 소리가 들려. 나가자."

빌리 앤드루스가 자기와 함께 앞자리에 앉아야 한다고 고집해서 앤은 내키지 않았지만 마차 앞자리에 올랐다. 앤은 뒷자리에 앉아서 여자아이들과 마음껏 웃고 떠들며 가고 싶었다. 빌리는 웃거나 떠드는 성격이 아니었다. 체구가 크고 뚱뚱하며 무신경한 이 스무 살 청년은 둥글고 무표정한 얼굴에 말재주가 지독히도 없었다. 그러나 빌리는 앤을 대단히 흠모했고, 이 날씬하고 꼿꼿한 여자아이를 옆에 태우고 화이트샌즈까지 달릴 생각에 마음이 자

랑스레 부풀어 올라 있었다.

앤은 그래도 즐거운 마음으로 가고 싶어 내내 어깨 너머로 뒤에 앉은 여자아이들과 대화를 나누고 예의상 한 번씩 빌리에게도 말을 건넸다. 그러나 빌리는 싱글거리거나 킥킥 웃기만 할 뿐 한 번도 대화를 이어 나갈 수 있는 속도로 대답하지 못했다. 즐거운 밤이었다. 길은 호텔로 가는 마차로 붐볐고, 맑은 웃음소리가 사방에서 울려 퍼졌다. 호텔은 꼭대기부터 바닥까지 불빛이 휘황찬란했다. 발표회 준비위원회에서 여자들이 나오더니 그중 한 명이 앤을 출연자 대기실로 데려갔다. 대기실을 가득 채운 샬럿타운 교향악단 단원들 속으로 들어간 앤은 갑자기 부끄럽고 겁이 나고 초라해지는 기분이었다. 동쪽 다락방에서는 예쁘고 귀여워 보였던 원피스가, 온통 반짝이고 바스락거리는 실크와 레이스 장식들에 둘러싸여 있으니 너무 단순하고 평범해 보였다. 이 진주 목걸이가 옆에 있는 키 크고 예쁜 여자가 한 다이아몬드 목걸이와 비교나 될까? 다른 여자들이 장식한 온갖 온실 꽃들 옆에서 앤이 꽂은 작고 하얀 장미는 얼마나 빈약해 보일까! 앤은 모자와 외투를 벗고 비참한 심정으로 한쪽 구석에 웅크려 앉왔다. 초록 지붕 집의 하얀 방으로 돌아가고 싶었다.

어느새 앤은 규모 있는 호텔 발표회의 무대 위에 올라서 있었고, 상황은 더 심각해졌다. 전깃불에 눈이 어지러웠고, 객석에서 올라오는 향수 냄새와 웅성거리는 소리에 정신을 차릴 수가 없었다. 다이애나와 제인과 함께 객석에 앉아 있다면 얼마나 좋을까. 두 사람이 저 멀리 뒷자리에서 신나는 시간을 보내고 있을 때, 앤은 분홍 실크 드레스를 입은 뚱뚱한 여자와 하얀 레이스 드레스를 입고 경멸 어린 표정을 짓고 있는 키 큰 여자아이 사이에 앉아 있었다. 뚱뚱한 여자가 가끔씩 고개를 돌려 안경 너머로 대놓고 앤을 뜯어보는 바람에, 몹시 예민해진 앤은 크게 비명이라도 지르고 싶은 심정이었다. 하얀 레이스 드레스를 입은 여자아이는 '시골뜨기'니 '촌미인'이니 하면서 객석까지 다 들리도록 옆 사람과 크게 떠들었고, 프로그램 중에 시골 출연자들이 하는 공연은 '웃음거리'가 될 거라는 신통치 않은 예측도 내놓았다. 앤은 죽는 날까지 그 하얀 레이스 드레스를 입은 아이를 미워할 것 같았다.

앤에게는 안된 일이었지만, 마침 호텔에 투숙 중이던 전문 시 낭송가가 시를 낭송하기로 되어 있었다. 몸이 나긋하고 검은 눈을 한 여자가 달빛으로 짠 듯 은은하게 빛나는 드레스를 입고 목과 검은 머리를 보석으로 꾸미고 나왔다. 여자의 목소리는 놀랍도록 부드럽고 표현력이 뛰어나서 관객을 열광시켰다. 앤도 잠깐 동안 자신이 처한 괴로움을 잊고 눈을 빛내며 빠져들었다. 그러나 낭송이 끝나자 앤은 두 손으로 와락 얼굴을 가렸다. 다음 순서로 일어나 낭송을 할 수는 없었다. 도저히 그럴 수가 없었다. 어째서 낭송을 할 수 있다고 생각했을까? 아, 초록 지붕 집으로 돌아갈 수만 있다면!

불행히도 그 순간 앤의 이름이 불렸다. 그때 앤은 하얀 레이스 드레스를 입은 아이가 움찔 놀라며 찔리는 표정을 짓는 것도 몰랐지만, 설령 알았다 해도 그 표정 안에 담긴 희미한 선망까지는 알아채지 못했을 것이다. 앤은 어쩔 수 없이 자리에서 일어나 비틀거리며 앞으로 나갔다. 얼굴이 너무 창백해서 객석의 다이애나와 제인은 불안한 마음에 서로의 손을 꼭 잡았다.

무대 위에 서자 어마어마한 두려움이 앤을 짓눌렀다. 사람들 앞에서 자주 낭송을 해 봤지만, 이처럼 많은 관객 앞에 선 것은 처음이었다. 사람들을 쳐다보는 것만으로도 온몸이 마비되는 듯했다. 이브닝드레스를 입고 줄지어 앉은 여자들과 흠잡을 준비가 된 얼굴들, 부유하고 교양 있는 분위기 등 모든 게 너무 낯설고 눈부시고 당혹스러웠다. 토론 클럽 모임을 하며 소박한 벤치에 앉아 마주했던 친숙하고 호의적인 친구들, 이웃들의 얼굴과는 완전히 달랐다. 이곳 사람들은 자비라고는 없는 비평가들처럼 보였다. 어쩌면 하얀 레이스 드레스를 입은 아이처럼 앤에게서 '촌스런' 웃음거리를 기대하고 있는지도 몰랐다. 앤은 감당할 수 없을 만큼 부끄러웠고 비참했고 절망했다. 무릎이 후들후들 떨리고 심장이 파닥거렸다. 금방이라도 쓰러질 것 같았다. 한 마디도 내뱉을 수가 없었고 다음 순간, 평생 굴욕감을 안고 살더라도 무대에서 달아나고만 싶었다.

그러나 겁에 질려 휘둥그레 뜬 눈으로 객석을 바라보던 앤에게, 멀리 뒷자리에 앉아 몸을 앞으로 내민 채 미소 짓고 있는 길버트 블라이드의 얼굴이 불쑥 들어왔다. 순간 앤은 그 미소가 승리감에 젖어 자신을 조롱하는 모습처럼 보였다. 사실은 전혀 그렇지 않았다. 길버트는 단지 행사가 전반적으로 마음에 들었고, 특히 종려나무를 배경으로 서 있는 앤의 호리호리한 자태와 우아한 얼굴에 감탄해서 미소 지었을 뿐이었다. 길버트와 같이 마차를 타고 와 옆자리에 앉아 있던 조시 파이야말로 승리감에 도취되어 비웃는 얼굴을 하고 있었다. 그러나 앤은 조시 파이를 보지도 못했고, 봤어도 신경 쓰지 않았을 터였다.

앤은 길게 심호흡을 한 다음 당당하게 고개를 치켜들었다. 전기에 감전이라도 된 듯이 용기와 결의가 솟구쳤다. 길버트 블라이드 앞에서 낭송을 망칠 수는 없었다. 절대 길버트에게 비웃음을 당하지는 않아. 절대로! 두렵고 불안하던 마음이 순식간에 사라졌다.

앤은 시를 낭송하기 시작했다. 깨끗하고 감미로운 목소리는 작은 떨림이나 막힘도 없이 객석 구석구석까지 울려 퍼졌다. 완전히 침착함을 되찾은 앤은 무력하고 비참했던 순간을 만회라도 하려는 듯 어느 때보다도 멋지게 낭송을 해냈다. 앤이 낭송을 마치자 진심 어린 박수가 터져 나왔다. 앤이 수줍고도 기쁜 마음에 붉어진 얼굴로 자리로 돌아오자, 분홍 실크 드레스를 입은 뚱뚱한 부인이 어느새 앤의 손을 힘껏 붙잡고 흔들며 칭찬을 쏟아냈다.

"세상에, 정말 잘했어. 난 아이처럼 울었다니까. 정말 울었어. 저런, 사람들이 앙코르를 외치고 있네. 너를 다시 불러내려고 객석이 난리구나!"

"아, 전 못해요. 하지만 그래도 나가야겠죠. 그렇지 않으면 매슈 아저씨가 실망하실 테니까요. 아저씨가 제게 앙코르를 받을 거라고 하셨거든요."

앤이 당황하여 말했다.

"그럼 매슈 아저씨를 실망시켜선 안 되지."

분홍 옷의 부인이 웃으며 말했다.

상기된 얼굴로 미소를 지으며 초롱초롱 반짝이는 눈을 한 앤은 무대로 돌아가 기발하고 재미있는 짧은 앙코르 공연을 선보였고, 더욱 관객의 마음을 사로잡았다. 이후 나머지 저녁 시간은 완전히 앤을 위한 자리였다.

발표회가 끝나자, 남편이 미국의 백만장자라는 그 분홍 옷의 뚱뚱한 부인이 보호자처럼 앤을 끌어안고 모든 사람에게 소개했다. 다들 앤에게 무척 친절했다. 시 낭송 전문가인 에반스 부인이 다가와 앤에게 목소리가 매력적이고 선택한 작품들을 아름답게 '해석'했다며 담소를 나눴다. 하얀 레이스 옷의 여자아이마저 마지못해 칭찬의 말을 건넸다. 사람들은 아름답게 꾸민 큰 식당에서 저녁 식사를 즐겼다. 다이애나와 제인도 앤의 동행이라는 이유로 만찬에 초대를 받았다. 빌리는 아무리 찾아도 보이지 않는 것으로 보아 그런 자리에 초대받는 게 너무 부담스러워서 줄행랑을 친 듯했다. 하지만 만찬이 끝난 뒤 고요하고 하얀 달빛 속으로 세 소녀가 즐겁게 걸어 나오니, 빌리가 그들을 기다리고 있었다. 앤이 깊은 숨을 들이마시며 어두운 전나무 기둥 뒤로 맑게 펼쳐진 하늘을 올려다봤다.

아, 다시 조용하고 깨끗한 밤공기를 쐬니 상쾌했다. 대기를 타고 날아든 바다가 속삭이는 소리와 아름다운 해변을 지키는 무시무시한 거인처럼 저 너머로 어스름히 선 절벽까지, 이 모든 게 위대하고 고요하고 경이로웠다.

마차를 타고 가던 제인이 한숨을 쉬며 말했다.

"정말 근사한 밤이었지? 나도 부유한 미국 사람이 돼서 호텔에서 여름을 지내고 싶어. 보석으로 치장하고 목이 깊게 파인 드레스도 입고, 아이스크림이랑 닭고기 샐러드도 먹으면서 날마다 즐겁게 보내면 좋겠어. 분명 그쪽이 학교에서 아이들을 가르치는 것보다 훨씬 더 재미있을 거야. 앤, 네 시 낭송은 정말 멋졌어. 처음에는 시작도 못

하는 줄 알았어. 하지만 에반스 부인보다 잘한 것 같아."

"어머, 아니야. 그런 말 마, 제인. 말도 안 돼. 내가 어떻게 에반스 부인보다 잘할 수 있겠어. 에반스 부인은 전문가고 나는 이제 낭송하는 법을 조금 익힌 학생일 뿐인데. 난 그냥 사람들이 내 낭송을 좋아해 준 걸로 만족해."

앤이 얼른 되받았다.

"누가 네 칭찬을 하는 걸 들었어, 앤. 그 말투를 보면 칭찬이 확실해. 어쨌든 그렇게 들렸어. 제인하고 내 뒤에 어떤 미국인이 앉아 있었거든. 머리하고 눈동자가 새까맣고 정말 낭만적으로 생긴 남자였어. 조시 파이가 그러는데 유명한 화가래. 조시 엄마의 사촌이 보스턴에 사는데 그 남자 동창이랑 결혼했대. 아무튼 그 남자가 그러더라고. 그렇지, 제인? 저기 무대 위에 근사한 티치아노 머리를 한 여자애가 누구냐고, 자기가 그리고 싶은 얼굴이라고 말이야. 그런데 앤, 티치아노 머리가 뭐니?"

다이애나가 물었다.

"아마 빨강 머리를 말하는 걸 거야. 티치아노는 아주 유명한 화가인데 빨강 머리 여인의 그림을 즐겨 그렸어."

앤이 웃었다.

"부인들이 장식한 다이아몬드들 봤니? 정말 휘황찬란하더라. 너희는 부자가 되고 싶지 않아?"

제인이 한숨을 쉬며 말했다.

"우린 부자야. 봐, 우린 열여섯 해를 잘 살아왔고, 여왕처럼 행복하잖아. 또 모두 많든 적든 상상력이 있잖아. 저 바다를 봐, 얘들아. 온통 은빛에 그림자와 보이지 않는 온갖 것들로 가득해. 우리에게 수백만 달러가 있고 다이아몬드로 휘감는다고 해도 지금 같은 이런 아름다움을 누릴 수 없을걸. 난 그 여자들 중 한 명이 될 수 있다 해도 바꾸지 않을 거야. 하얀 레이스 드레스를 입은 여자아이처럼 시큰둥한 표정으로 살고 싶니? 마치 세상을 비웃으려고 태어나기라도 한 것처럼 말이야. 아니면 그 분홍 드레스 아주머니처럼, 물론 친절하고 좋은 분이셨지만, 아무런 맵시도 나지 않는 모습이라도 좋아? 에반스 부인조차 눈빛이 너무 슬퍼 보이지 않았니? 그런 눈빛을 한 걸 보면 언젠가 참기 힘든 불행을 겪었던 게 틀림없어. 그렇게 되고 싶진 않잖아, 제인 앤드루스!"

앤이 야무지게 말했다.

"잘 모르겠지만 그래도 다이아몬드가 있으면 큰 위로

가 될 것 같아.”

제인은 확신이 서지 않는 말투로 대답했다.

“글쎄. 난 내가 아닌 다른 사람이 되고 싶지 않아. 평생 다이아몬드로 위로받지 못한다 해도 말이야. 나는 진주 목걸이를 한 초록 지붕 집의 앤에 아주 만족해. 매슈 아저씨가 이 목걸이에 담아 주신 사랑이 분홍 드레스 아주머니의 보석 못지않다는 걸 아니까.”

앤이 확고하게 말했다.

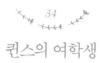

34

퀸스의 여학생

그 뒤로 3주 동안 앤이 퀸스로 떠날 준비를 하느라 초록 지붕 집은 바쁜 시간을 보냈다. 바느질할 것도 많았고 의논하고 정리할 일도 많았다. 매슈 덕에 예쁜 옷도 많았다. 마릴라는 매슈가 무엇을 사오든, 무슨 의견을 내든 아무런 반대도 하지 않았다. 게다가 어느 날 저녁에는 고운 연초록색 천을 한아름 들고 동쪽 다락방으로 올라왔다.

"앤, 이 천들로 예쁘고 가벼운 원피스를 지어야겠다. 지금도 예쁜 옷이 많으니 꼭 필요할 것 같지는 않지만. 그래도 시내에서 어디 외출하거나 파티라도 초대받으면 좀 제대로 차려입을 옷들이 있어야 하지 않나 싶어서 말이다. 제인하고 루비하고 조시가 '이브닝드레스'인가 뭔가 하는 걸 장만했다던데, 너도 있으면 좋을 거고. 지난주에 앨런 부인에게 부탁해서 같이 시내에 나가서 골랐는데, 옷을 짓는 건 에밀리 길리스에게 맡길 거란다. 에밀리가 안목도 있고 옷태도 남다르니 말이야."

"아, 아주머니, 너무 예뻐요. 정말 고맙습니다. 이렇게 잘해 주시지 않아도 되는데…… 떠나기가 더 어려워지잖아요."

에밀리는 마음껏 실력을 발휘하여 덧주름과 잔주름을 양껏 장식한 초록색 드레스를 만들었다. 어느 저녁 앤은 그 드레스를 입고 매슈와 마릴라를 위해 부엌에서 〈소녀의 맹세〉를 낭송했다. 마릴라는 앤의 밝고 생동감 넘치는 얼굴과 우아한 몸짓을 보며 앤이 처음 초록 지붕 집에 왔던 저녁을 떠올렸다. 황갈색의 볼품없는 혼방 원피스를 입고 눈물이 그렁그렁한 눈으로 비참한 표정을 짓고 있던, 겁에 질린 별난 어린아이의 모습이 생생하게 떠올랐다. 마릴라의 눈에 눈물이 맺혔다.

"제 낭송 때문에 우시는 거군요, 아주머니. 그럼 성공이네요."

앤이 환한 얼굴을 하고 마릴라가 앉은 의자 위로 몸을 숙이며 늙은 여자의 뺨을 눈썹으로 간질였다.

"아니다. 네 낭송 때문에 우는 게 아니야."

마릴라는 시 따위로 마음이 약해지는 것을 경멸했다.

"그저 네 어릴 적 모습이 생각났을 뿐이란다, 앤. 그렇게 엉뚱한 짓들을 벌여도 좋으니 어린아이로 남아 있으면 좋겠구나. 이제 이렇게 자라서 여길 떠나다니. 키도 크고, 세련됐고, 그 드레스를 입으니 아주…… 아주 달라 보이는구나. 에이번리 사람 같지가 않아. 그런 생각을 하니 괜히 허전한 기분이 든 게지."

앤은 무명옷을 입은 마릴라의 무릎에 앉아 주름진 얼굴을 두 손으로 감싸며 다정하고도 진지한 표정으로 눈을 들여다봤다.

"아주머니! 전 조금도 변하지 않았어요. 정말이에요. 그저 불필요한 가지를 치고 새 가지를 뻗었을 뿐이에요. 진짜 제 모습은, 제 안의 저는 똑같아요. 제가 어디를 가든, 겉모습이 어떻게 바뀌든 그것은 전혀 중요하지 않아요.

마음속에는 언제나 아주머니의 어린 앤이 있어요. 평생토록 마릴라 아주머니와 매슈 아저씨와 초록 지붕 집을 날마다 더 사랑할 앤이요.”

앤은 젊고 싱그러운 뺨을 마릴라의 마른 뺨에 대고 한 손을 내밀어 매슈의 어깨를 토닥였다. 마릴라도 앤과 같이 감정을 말로 표현할 줄 아는 능력이 있었더라면 더 많은 마음을 보여 주었을 것이다. 그러나 타고난 성품과 습관을 이기지 못해, 마릴라는 그저 두 팔로 아이를 다정하게 가슴에 끌어안으며 보내지 않아도 된다면 얼마나 좋을까 생각할 뿐이었다.

매슈는 눈가가 촉촉해지는 느낌이 들자 자리에서 일어나 밖으로 나갔다. 푸른 여름밤을 수놓은 별빛 아래서 그는 격앙된 걸음으로 마당을 가로질러 포플러나무 옆으로 난 울타리 문까지 걸어갔다. 매슈는 자랑스러운 듯 중얼거렸다.

“그래, 앤이 버릇없는 아이로 자란 것 같진 않아. 가끔씩 내가 간섭한 것도 그리 나쁘지 않았던 게야. 저 아이는 똑똑하고 예쁜 데다 다정하기도 하고, 그게 무엇보다 좋은 점이지. 저 애는 우리에게 축복이었어. 스펜서 부인이 저지른 실수보다 더 운 좋은 실수는 없을 거야. 그걸 운이라고 한다면 말이지. 하지만 그건 운이라고 할 수 없어. 하늘의 뜻이었지. 전능하신 하느님께서 우리에게 그 애가 필요하단 걸 아신 거야."

마침내 앤이 도시로 떠나는 날이 왔다. 화창한 9월의 아침, 앤은 매슈와 마차를 타고 출발하기 전, 다이애나와 눈물로 얼룩진 작별을 나누고 마릴라와도, 적어도 마릴라 편에서는 무미건조하고 군더더기 없는 인사를 나누었다. 하지만 막상 앤이 간 뒤 다이애나는 눈물을 닦고 카모디의 사촌들과 화이트샌즈 해변으로 나들이를 가서 그럭저럭 슬픔을 달랬다. 반면 마릴라는 하지 않아도 될 일들에 무섭게 달려들어 하루 종일 몸을 혹사하며 더없이 쓰라린 가슴앓이를 했다. 가슴이 타들어가고 쥐어뜯기는 것 같은 고통이 꾹 참고 있던 눈물로도 달래지지 않았다. 그러다 밤이 되어 잠자리에 들 즈음, 복도 끝 작은 다락방에 생기발랄한 어린 주인도, 부드러운 숨결도 더는 없다는 사실이 절절하게 와 닿자 베개에 얼굴을 묻고 격한 울음을 터뜨렸다. 마음이 조금 가라앉자 죄 많은 같은 인간에게 이토록 집착하다니 얼마나 죄인가 하는 생각에 오싹해졌다.

앤과 에이번리의 다른 학생들은 학교에 가려면 서둘러야 할 빠듯한 시간에 시내에 도착했다. 첫날은 새로운 친구들과 만나고 교수들과 얼굴을 익히고 반을 나누는 등 흥분이 소용돌이치며 즐겁게 지나갔다. 앤은 스테이시 선생님의 충고대로 2학년 과정에 들어갈 계획이었고, 길버트 블라이드도 같은 생각이었다. 그러면 2년이 아니라 1년 만에 1급 교사 자격증을 딸 수 있었는데, 그만큼 훨씬 더 열심히 노력해야 했다. 제인과 루비, 조시, 찰리, 무디 스퍼전은 그런 포부에 연연하지 않고 2급 교사 과정에 들어가는 데 만족했다. 50명이 같이 공부하는 교실에서 앤은 아는 얼굴이 하나도 없다는 사실에 쑤실 듯이 아픈 외로움을 느꼈다. 아는 사람이라고는 교실 반대편에 앉은, 키가 큰 갈색머리 남학생뿐이었지만 지금과 같은 사이로는 별 도움이 되지 않는다는 것을 알기에 앤은 더 비관적인 기분이 들었다. 그래도 같은 반이 된 것은 분명 다행이었다. 오랜 경쟁을 이곳에서도 이어갈 수 있었고, 만약 길버트와 경쟁 관계가 없어졌다면 무엇을 어떻게 해야 할지 막막했을 것이다.

‘경쟁이 없었으면 더 힘들었을 거야. 길버트는 결심이 대단해 보여. 금메달을 따려고 마음을 단단히 먹은 모양이야. 턱이 참 잘생겼네! 전에는 몰랐는데. 제인과 루비도 1급 과정을 들으면 얼마나 좋을까. 그래도 아이들과 친해지면 남의 집 다락방에 갇힌 고양이 같은 기분은 들지 않겠지. 여기서는 어떤 아이들과 친구가 될지 궁금해. 추측해 보는 것도 재미있겠는걸. 물론 다이애나와 약속했듯 퀸스에 아무리 좋은 아이가 있어도 다이애나만큼 친해지는 일은 없을 거야. 하지만 두 번째로 좋은 친구는 많이 사귈 수 있잖아. 갈색 눈에 새빨간 웃옷을 입은 저 아이가 마음에 들어. 싱싱한 붉은 장미 같아. 금발에 하얀 얼굴로 창밖을 내다보는 저 아이도 괜찮네. 머리도 아름답고, 꿈에 대해 뭘 좀 알 것 같아. 둘 다 어떤 아이들인지 궁금해. 저 애들과 허리에 팔을 두른 채 걷고 별명을 부를 만큼 친해지고 싶어. 하지만 아직은 저 아이들에 대해 아무것도 모르고 저 애들도 나를 모르잖아. 어쩌면 나에 대해 딱히 알고 싶어 하지 않을지도 몰라. 아, 외로워!’

그날 저녁, 땅거미가 진 뒤 방에 혼자 남은 앤은 더욱 외로웠다. 다른 아이들은 모두 시내에 친척이 있어서 앤처럼 하숙을 하지 않았다. 조세핀 배리 할머니가 앤에게 오라고 했지만 '너도밤나무집'은 학교에서 너무 멀었다. 그래서 배리 할머니가 직접 하숙집을 알아봐 주었고, 앤이 지내기에 딱 좋은 곳을 찾았다며 매슈와 마릴라를 안심시켰다.

"여주인이 지금은 형편이 어려워졌지만 상류층 출신이에요. 남편은 영국군 장교였죠. 부인은 하숙생을 받을 때 아주 신중하게 고른답니다. 앤이 그 집에 있으면 무리한 같은 사람은 만날 일이 없을 거예요. 식사도 괜찮고 학교에서도 가까운 조용한 동네랍니다."

지내보니 정말 그랬다. 하지만 앤이 처음으로 느끼는 향수병을 달래주지는 못했다. 앤은 우중충한 벽지에 그림 한 점 걸리지 않은 벽을, 작은 철제 침대 틀과 텅 빈 책장뿐인 작고 좁은 방을 우울하게 둘러봤다. 초록 지붕 집의 하얀 방을 생각하니 목구멍에서 뭔가 울컥 치밀었다. 밖에는 한가로운 초록빛 세상이 펼쳐지고 정원에서 스위트피가 자라는 곳. 달빛이 과수원을 비추고, 비탈 아래 개울이 흐르며, 그 너머에서 가문비나무들이 밤바람에 몸을 뒤척이고, 별이 총총 박힌 드넓은 하늘 아래 다이애나의 창에서 새어 나온 불빛이 나무들 틈으로 어른거리는 즐거운 곳. 여기에는 그런 것들이 아무것도 없었다. 창밖 거리는 삭막했고 복잡하게 얽힌 전화선이 하늘을 가렸다. 생경한 걸음 소리가 터벅터벅 지나갔고 수많은 불빛이 낯선 사람들의 얼굴을 비추었다. 앤은 울음이 터질 것 같아 꾹 참았다.

"울지 않을 거야. 우는 건 어리석고 나약한 짓이야. 세 번째 눈물방울이 코 옆으로 흐르네. 자꾸 눈물이 나! 눈물이 나지 않게 재미있는 생각을 해야지. 하지만 재미있는 일은 모두 에이번리와 연관되어서 눈물만 더 나잖아. 넷…… 다섯…… 돌아오는 금요일에 집에 갈 건데도 백 년은 기다려야 할 거 같아. 아, 지금쯤 매슈 아저씨는 집에 거의 다 가셨겠지. 마릴라 아주머니는 문 앞에 서서 길가를 내다보며 아저씨를 기다리실 테고. 여섯…… 일곱…… 여덟…… 아, 눈물방울을 세어도 소용이 없어! 금방 홍수처럼 쏟아지고 말거야. 기운을 차릴 수가 없어. 그러고 싶지도 않고. 그냥 슬퍼하는 게 낫겠어!"

그 순간 조시 파이가 나타나지 않았다면, 정말로 눈물을 펑펑 홍수처럼 쏟았을 것이다. 친숙한 얼굴을 보자, 앤은 너무 기쁜 나머지 조시와 사이가 그다지 좋지 않다는 사실도 잊어버렸다. 에이번리와 관계만 있다면 파이마저도 반가웠다.

앤이 진심으로 말했다.

"와 줘서 고마워."

조시가 불쌍하다는 투로 약 올리듯 말했다.

"너 울고 있었구나. 향수병인가 보네. 그런 부분에 감정 조절이 잘 안 되는 사람들이 있지. 난 향수병 같은 건 절대 걸리지 않을 거야. 오히려 에이번리처럼 좁고 고리타분한 마을에 있다가 도시에 나오니까 너무 즐거워. 거기서 어떻게 그렇게 오랫동안 생활했나 모르겠어. 울지 마, 앤. 너랑 안 어울려. 코랑 눈까지 빨개져서 전부 다 빨갛게 보이잖아. 난 오늘 학교에서 얼마나 재미있었는지 몰라. 우리 프랑스어 교수님은 완전히 괴짜야. 콧수염이 얼마나 웃기다고. 뭐 먹을 거 없니, 앤? 나 배고파 죽겠어. 그래, 마릴라 아주머니라면 케이크를 잔뜩 만들어 보내셨을 거야. 내가 그래서 왔지. 안 그랬으면 프랭크 스토클리랑 밴드 연주를 들으러 공원에 갔을 텐데. 프랭크는 나랑 같은 집에서 하숙하는데, 괜찮은 애야. 그 애가 오늘 수업

때 널 보더니 저 빨강 머리 여자애가 누구냐고 묻더라. 그래서 커스버트 씨네 집에서 입양한 고아인데, 그전에는 어떻게 살았는지 아무도 모른다고 내가 말했어."

앤은 조시 파이랑 같이 있으니 혼자서 눈물을 흘리는 편이 더 낫지 않을까 하고 생각했다. 그때 제인과 루비가 자주색과 주황색 퀸스 학교 리본을 코트에 자랑스레 달고 찾아왔다. 조시는 아직도 제인과 '말'을 하지 않는 상태라 그제야 조용히 입을 다물었다. 제인이 한숨을 쉬며 말했다.

"있잖아, 아침부터 지금까지 몇 달은 지난 것 같아. 사실 집에서 베르길리우스*를 공부해야 하는데. 그 무서운 노교수님이 내일까지 스무 줄을 예습해 오라고 했거든. 하지만 오늘 밤은 얌전히 앉아 공부를 할 수 없었어. 앤, 눈물 자국 같은데. 울고 있었다면 그렇다고 말해 줘. 그러면 내 자존심도 조금은 살아날 거 같아. 나도 루비가 오기 전까지 계속 울고 있었거든. 나 말고도 운 친구

---

* 로마 최고의 시인. 로마 건국의 역사를 신화 속 영웅과 연결시킨 장편 서사시 《아이네이스》를 썼다.

가 있으면 내가 운 것도 별로 창피하지 않잖아. 웬 케이크야? 나 조금 먹어도 돼? 고마워. 이게 바로 에이번리의 맛이지."

루비는 탁자 위에 놓인 학교 달력을 보고 앤에게 금메달을 목표로 하느냐고 물었다.

앤은 얼굴을 붉히며 그럴 생각이라고 대답했다.

조시가 입을 열었다.

"아, 그러고 보니 생각났다. 퀸스 학교도 드디어 에이번리 장학금을 받게 됐대. 오늘 소식이 왔대. 프랭크 스토클리가 그랬어. 걔네 삼촌이 학교 이사거든. 내일 학교에서 발표할 거야."

에이버리 장학금이라니! 앤의 심장이 고동쳤다. 마법에라도 걸린 듯 꿈의 지평이 더 멀리, 더 넓게 펼쳐졌다. 조시가 장학금 얘기를 꺼내기 전까지 앤이 품은 최고의 열망은 일 년 뒤에 주 정부에서 주는 1급 교사 자격증을 따고, 가능하면 금메달도 목에 거는 거였다!

하지만 지금 이 순간 앤의 눈앞에 에이버리 장학금을 받고 레드먼드대학에서 문학 과정을 수료한 뒤 졸업 가운을 입고 사각모를 쓴 자신의 모습이 차례대로 지나가면서, 조시의 목소리도 멀리 사라졌다. 에이버리 장학금은 영어 성적으로 뽑기 때문에 앤은 고향땅을 밟고 선 듯 든든하니 자신 있었다.

에이버리 장학금은 뉴브런즈윅에 살던 부유한 실업가가 세상을 뜨면서 재산 일부를 기부한 것으로, 캐나다의 연해주 지역* 고등학교와 전문학교에 각각의 기준에 따라 거액의 장학금을 나눠 주었다. 퀸스는 장학금 배정 여부가 확실치 않았는데, 이제 확정이 되어서 학기 말에 졸업생 중에서 영어와 영문학 성적이 제일 높은 학생이 장학금을 받게 된 것이다. 장학생은 레드먼드대학에 다닐 4년간 매년 250달러를 받을 수 있었다. 그날 밤 앤이 상기된 얼굴로 잠자리에 든 것도 당연했다!

앤은 결심했다.

"열심히 공부해서 받을 수 있는 거라면 장학금을 받고 말거야. 내가 문학 학사 학위를 받으면 매슈 아저씨가 자랑스러워하시겠지? 아, 야망을 갖는 건 정말 즐거운 일이야. 난 야망이 많아서 참 다행이야. 야망이란 결코 끝이

* 노바스코샤, 뉴브런즈윅, 프린스에드워드 섬의 3개 주를 가리킨다.

없는 것 같아. 그게 제일 좋은 점이지. 하나를 이루면 또 다른 꿈이 더 높은 데서 반짝반짝 빛나고 있으니까. 덕분에 인생이 이처럼 재미있잖아."

35

퀸스에서 보낸 겨울

주말마다 집에 다녀오면서 앤의 향수병도 금세 사라졌다. 따뜻한 날씨가 지속되는 동안 에이번리 출신 학생들은 금요일마다 새로 개통한 철도에 올라 카모디로 갔다. 다이애나와 에이번리 아이들 몇몇이 친구들을 마중 나왔고, 다들 유쾌하게 이야기를 나누며 에이번리까지 걸어갔다. 앤에게는 저 너머에서 반짝이는 에이번리 마을의 불빛을 보며 금빛으로 물든 상쾌한 가을 언덕을 걷는 금요일 저녁이 일주일 중 가장 행복하고 소중한 시간이었다.

길버트 블라이드는 거의 언제나 루비 길리스와 나란히 걸으며 루비의 책가방을 들어 주었다. 루비는 아주 아름다운 숙녀로 자랐고 스스로도 어른이 다 되었다고 생각했다. 치마도 어머니가 허락하는 최대한으로 길게 입었고, 시내에서는 머리를 올렸다가 집에 올 때는 풀었다. 눈은 크고 밝은 파란색에 얼굴빛은 환했으며 적당히 통통한 몸매도 보기 좋았다. 루비는 잘 웃고 명랑했으며 마음도 고왔고 즐거운 일이 있을 때는 솔직하게 즐겼다.

　"그래도 루비는 길버트가 좋아할 스타일은 아니야."

　제인이 앤에게 작게 속삭였다. 앤도 같은 생각이었지만, 에이버리 장학금을 준대도 그런 말을 입 밖에 낼 마음은 없었다. 앤도 길버트 같은 친구가 있어서 같이 장난치고, 책과 공부와 야망에 대해 이야기하면 얼마나 즐거울까 하는 생각이 드는 건 어쩔 수 없었다. 앤은 길버트에게 야망이 있는 걸 알았다. 하지만 루비 길리스는 야망에 보탬이 되는 대화를 나눌 만한 사람은 아니었다.

　길버트를 생각하는 앤의 마음에 어리석은 감상 같은 것은 없었다. 앤에게 남자아이들은 그저 좋은 동료, 그뿐이었다. 길버트와 친구로 지냈더라도 앤은 길버트에게 다른 친구가 몇 명이든, 누구와 함께 걸어가든 상관없었을 것이다. 앤은 친구를 사귀는 데 재주가 있어서 여자친구가 많았다. 하지만 남자친구가 있어도 우정에 대한 이해를 원만히 다듬고, 판단과 포용의 폭을 보다 넓히는 데 좋을 거라고 막연히 생각했다. 이 문제에 대한 자기 생각을 확실히 정리한 것은 아니었다. 단지 길버트와 나란히 기차에서 내려 바스락거리는 들판을 지나고 고사리가 무성한 샛길을 따라 집까지 걸어간다면, 눈앞에 펼쳐지는 새로운 세상과 그 안에 담을 희망과 포부에 대해 다양하고 즐겁고 흥미진진하게 대화를 주고받을 수 있을 거라는 생각이 든 것뿐이었다. 길버트는 자기 생각이 뚜렷하고 최고의 것을 얻기 위해 최선을 다할 굳은 의지가 있는 똑똑한 젊은이였다. 루비 길리스는 제인 앤드루스에게 길버트 블라이드가 하는 소리를 절반도 알아듣지 못하겠다고 말했다. 말하는 게 꼭 뭔가에 골몰했을 때의 앤 셜리와 똑같고, 그럴 필요가 없을 때도 책이나 그런 쪽 이야기만 하니 아무 재미가 없다는 거였다. 대신 프랭크 스토클리는 훨씬 박력 있는데 외모는 길버트가 몇 곱절은 나아서 누가 더 좋은지 갈피를 못 잡겠다는 것이었다!

학교에서 앤은 점차 자기처럼 사색을 즐기고 상상력이 풍부하며 야망이 큰 친구들과 작은 무리를 이루었다. '붉은 장미' 같은 스텔라 메이너드와 '꿈을 아는 소녀' 프리실라 그랜트와도 금세 친해졌다. 프리실라는 창백하고 순수해 보이는 외모와 달리 장난기가 넘치는 친구였다. 반면 생기발랄한 검은 눈의 스텔라는 앤처럼 저 높은 곳의 무지개 같은 꿈과 몽상을 사랑하고 동경하는 아이였다.

크리스마스 연휴가 끝나자, 에이번리 학생들은 금요일마다 집에 가는 것도 포기하고 학교에 남아 공부에 매진했다. 이즈음 퀸스의 학생들은 성적에서 각자 나름의 자기 자리가 정해졌고, 갖가지 기준과 특징으로 무리가 갈렸으며 미묘하게 다른 개성들이 잘 어우러졌다. 학생들은 대체로 몇 가지 사실을 받아들였다. 금메달 후보는 사실상 길버트 블라이드와 앤 셜리, 루이스 윌슨 세 사람으로 좁혀졌고, 에이버리 장학금 후보는 그보다는 확실치 않지만 여섯이 유력하다고 보았다. 수학 성적으로 가리는 동메달은 뚱뚱하고 웃기게 생긴 시골 출신 소년에게 돌아갈 거라고 했다. 소년은 이마가 울퉁불퉁했고 코트를 기워 입고 다녔다.

루비 길리스는 그해 학교에서 가장 예쁜 여학생이었고, 2학년 중에서는 스텔라 메이너드가 최고 미인의 영예를 안았다. 하지만 까다로운 눈으로 앤 셜리의 손을 들어준 학생들도 몇 있었다. 에셀 마르는 머리 손질을 가장 멋지게 하는 아이로 모두의 인정을 받았고, 꾸밈없고 변함없이 성실한 제인은 가정학 과목에서 최고의 영예를 안았다. 조시 파이조차 퀸스 학생들 중 가장 신랄한 독설가로 이름을 날렸다. 이렇게 스테이시 선생님의 옛 제자들은 더 넓은 학업의 장에서 각자의 자리를 다지고 있었다.

앤은 꾸준하게 열심히 공부했다. 길버트와는 에이번리 학교에서처럼 치열하게 경쟁했지만 반에서 그것을 아는 사람은 별로 없었고 어쩐 일인지 앤도 예전처럼 그 경쟁이 씁쓸하지 않았다. 이제 앤은 길버트를 밟고 일어서는 게 아니라 선의의 경쟁자를 정정당당하게 이겼다는 뿌듯한 승리감을 원했다. 이기면 좋겠지만 이기지 못해도 견디기 힘들 거라는 생각은 더이상 하지 않았다.

학생들은 열심히 공부하는 중에도 기회가 닿는 한 즐거운 시간을 보냈다. 앤은 여유 시간이 생기면 '너도밤나무집'을 찾았고, 대개 거기서 일요일 점심을 먹고 배리 할머니와 함께 교회에 갔다. 배리 할머니는 스스로도 인정하다시피 나이는 들었지만 검은 눈의 총기는 흐려지지 않았고 거침없는 입담도 전혀 누그러들지 않았다. 그러나 앤에게는 절대 심한 말을 하지 않았다. 앤은 여전히 이 깐깐한 노부인이 가장 아끼는 사람이었다.

"앤은 계속 발전하고 있어. 다른 여자애들은 볼 때마다 똑같아서 질리는데 말이야. 앤은 무지개처럼 여러 빛깔이 있고 그 색색마다 하나같이 예쁘다니까. 지금도 어렸을 때처럼 재미있는지는 모르겠지만, 그 애는 스스로 사랑받게끔 행동해. 난 그렇게 사랑하는 마음이 우러나게 만드는 사람들이 좋아. 내가 사랑하려고 애써 수고하지 않아도 되니까 말이야."

아무도 모르는 사이에 봄이 찾아왔다. 에이번리의 들에도 눈이 채 녹지 않은 메마른 땅 위로 메이플라워가 분홍 꽃눈을 틔웠다. 숲속과 골짜기마다 '초록 안개'가 움텄다. 그러나 샬럿타운의 잔뜩 지친 퀸스의 학생들 사이에서는 오로지 시험 얘기뿐이었다.

"학기가 거의 끝났다는 게 실감이 안 나. 지난가을은 그렇게 길게 느껴지더니, 겨울은 수업 조금 들으니 그냥 끝

낮어. 어느새 다음 주가 시험이야. 얘들아, 가끔씩 시험이 인생의 전부처럼 느껴질 때도 있지만, 저기 밤나무 가지에 움트는 꽃눈이랑 거리 끝에 피어오르는 푸른 안개를 보면 그런 건 별로 중요하지 않다는 생각이 들어."

앤이 말했다. 하지만 앤의 하숙집에 들른 제인과 루비, 조시는 생각이 달랐다. 그 아이들에게는 다가오는 시험이 언제나 매우 중요했고, 밤나무 꽃눈이나 5월의 아지랑이보다 훨씬 더 중요했다. 시험에 떨어질 걱정이 없는 앤이야 잠깐이나마 시험 생각을 뒤로 미뤄도 괜찮지만, 자신들처럼 미래가 온통 그 시험에 걸려 있다고 믿는 다른 아이들은 그렇게 달관한 사람처럼 생각할 수가 없었다.

"2주 동안 3킬로그램도 더 빠졌어. 걱정 말라고 해도 소용없어. 난 계속 걱정할 거야. 걱정하는 것도 나쁘지 않아. 그러면 적어도 뭔가를 하는 것 같거든. 겨울 내내 학교에 다니느라 돈이 얼마나 들었는데, 자격증을 못 따면 정말 끔찍할 거야."

제인이 한숨을 쉬었다.

"난 상관없어. 올해 합격 못하면 내년에 다시 다니면 되니까. 우리 아빠가 그 정도 능력은 있거든. 앤, 프랭크 스

토클리가 그러는데, 트레메인 교수님이 길버트 블라이드는 확실히 금메달을 딸 거고, 에밀리 클레이가 에이버리 장학금을 받을 거 같다고 하셨대."

"조시, 내일이 되면 네 말 때문에 기분이 나빠질지 모르겠어. 하지만 솔직히 지금은 초록 지붕 집 아래 골짜기에 제비꽃이 피어서 세상이 자줏빛으로 물들고 '연인의 오솔길'에 고사리들이 고개를 내밀며 피어오르고 있다고 생각하니까, 에이버리 장학금이 그다지 중요하지 않은 거같아. 난 최선을 다했고, '경쟁하는 기쁨'이 뭔지 이제 막

이해하기 시작했거든. 노력해서 이기는 것 못지않게, 노력했지만 실패하는 것도 중요한 일이야. 얘들아, 시험 얘기는 그만하자! 저 집들 위에 연둣빛으로 물든 하늘을 보면서 에이번리의 진자줏빛 너도밤나무 위로 펼쳐진 하늘은 어떤 모습일까 상상해 봐."

앤이 웃었다.

"졸업식 때 뭘 입을 거니, 제인?"

루비가 현실적인 문제를 물었다. 제인과 조시가 곧장 대답하면서 화제는 옷으로 흘러갔다. 그러나 앤은 창틀에 팔꿈치를 괴고 맞잡은 손 위에 부드러운 뺨을 뉘인 채, 꿈이 가득한 눈으로 도시의 지붕과 첨탑 너머 눈부시게 아름다운 저녁노을을 보았다. 그러면서 젊음 특유의 낙천성으로 짜인 황금빛 실로 '미래의 꿈들'을 엮었다. 다가올 날들에 펼쳐질 장밋빛 가능성은 모두 앤의 것이었다. 해마다 희망이라는 장미가 피어나 영원히 시들지 않는 화관을 엮을 터였다.

36

꿈과 영광

　　최종 시험 결과가 게시판에 공고되는 날 아침, 앤과 제인은 함께 집을 나섰다. 제인은 행복한 미소를 짓고 있었다. 시험은 모두 끝나고 일단 합격은 확실하다는 생각에 마음이 편했기 때문이다. 더 깊이 고민하느라 괴로워할 일도 전혀 없었다. 제인은 원대한 야망이랄 게 없어서 딱히 불안할 이유도 없었다. 모든 것에는 대가가 따르고 이 세상에서 뭔가를 얻거나 취하려면 그에 따른 대가를 지불해야만 했다. 야망을 품는 건 가치 있는 일이지만 노력과 절제, 불안과 좌절이라는 합당한 대가 없이는 거저 이룰 수 없다. 앤은 하얗게 질린 얼굴로 말이 없었다. 10분만 있으면 누가 메달을 따는지, 누가 장학금을 받는지 알게 될 터였다. 지금 당장은 그 10분이 아닌 다른 시간은 아무런 의미도 없는 듯했다.

"어쨌든 둘 중 하나는 네가 받을 거야."

제인은 교수단이 다른 결정을 내릴 만큼 불공정할 수 있다고는 생각도 하지 않았다.

"장학금은 바라지 않아. 다들 에밀리 클레이가 받는다고 하니까. 게시판까지 가서 모두가 보는 앞에서 확인을 못 하겠어. 용기가 안 나. 난 여학생 휴게실로 갈게. 제인, 게시판을 확인하고 내게 와서 얘기해 줘. 우리의 오랜 우정을 생각해서 부탁을 들어 줘. 가능한 한 빨리 알려주면 좋겠어. 둘 다 못 받더라도 빙빙 돌리지 말고 그냥 사실대로 얘기해 줘. 절대로 날 동정하지 말고. 약속해 줘, 제인."

제인은 진지하게 약속했다. 그러나 그런 약속은 할 필요가 없었다. 교문 계단을 올라가니 복도를 가득 메운 남학생들이 길버트 블라이드를 어깨 위에 태우고 목청껏 외치고 있었다.

"메달 수상자, 블라이드 만세!"

순간 앤은 패배감과 실망감에 가슴이 욱신거렸다. 결국 내가 지고 길버트가 메달을 땄구나! 아, 매슈 아저씨가 섭섭해 하실 텐데…… 내가 메달을 딸 거라고 그렇게 확신하셨는데…….

그리고 그때!

누군가 외쳤다.

"에이버리 장학생 앤 셜리에게 만세 삼창!"

"와, 앤. 앤, 네가 정말 자랑스러워! 너무 멋져!"

앤과 제인은 떠들썩한 축하 인사를 받으며 여학생 휴게실로 달려 들어갔고, 제인이 숨을 헐떡이면서 말했다.

곧 여학생들이 모여들어 앤을 둘러싸고 웃으며 축하 인사를 건넸다. 누군가는 어깨를 두드리고 누군가는 손을 잡고 흔들었다. 아이들이 밀치고 당기고 껴안는 와중에 앤은 간신히 제인에게 속삭였다.

"아, 매슈 아저씨랑 마릴라 아주머니가 얼마나 기뻐하실까! 당장 집에 편지를 보내 소식을 알려야겠어."

그다음으로 중요한 행사는 졸업식이었다. 졸업식은 학교 대강당에서 열렸다. 연설을 하고 축사나 고별사 등을 읽고, 축가를 불렀으며 모두가 보는 앞에서 졸업장과 상장, 메달 수여식이 거행되었다.

매슈와 마릴라도 졸업식에 참석했다. 두 사람의 눈과 귀는 오로지 무대 위에 오른 한 학생에게 쏠려 있었다. 무대 위에는 연한 초록빛 옷을 입은 키 큰 여학생이 두 볼에 희미한 홍조를 띠고 별같이 반짝이는 눈으로 가장 멋진 고별사를 읽고 있었다. 사람들은 그 학생이 에이버리 장학생이라고 수군거렸다.

"저 아이를 데려오길 잘했다고 생각하지, 마릴라?"

앤이 고별사 낭독을 마치자, 매슈가 강당에 들어와서 처음으로 입을 열며 나지막이 물었다.

"잘했다는 생각을 한두 번 한 게 아니죠. 지난 일을 너무 들먹이네요, 오라버니."

두 사람 뒤에 앉아 있던 배리 할머니가 몸을 앞으로 숙여 들고 있던 양산으로 마릴라의 등을 쿡 찔렀다.

"앤이 자랑스럽지요? 나도 그렇답니다."

그날 저녁 앤은 바로 매슈와 마릴라와 함께 에이번리로 돌아갔다. 4월 이후로 계속 가지 못했던 탓에 하루라도 빨리 돌아가고 싶었다. 사과꽃이 가득 피어 온 세상이 싱싱하고 풋풋했다. 초록 지붕 집에서는 다이애나가 앤을 기다리고 있었다. 앤의 하얀 방 창턱에 마릴라가 꺾어둔 장미 한 송이가 주인을 맞았다. 앤은 방을 둘러보며 행복에 들뜬 숨을 길게 쉬었다.

"아, 다이애나, 다시 돌아와서 얼마나 좋은지 몰라. 분홍빛 하늘에 뾰족하게 솟은 전나무들와, 하얀 과수원과 그리고 정든 '눈의 여왕'을 다시 보니 정말 좋아. 박하향이 시원하지 않니? 저 월계꽃도……. 음, 노래와 희망과 기도가 한데 담긴 느낌이야. 그리고 널 다시 만나서 정말 좋아, 다이애나!"

"난 네가 나보다 스텔라 메이너드를 더 좋아하는 줄 알았어. 조시 파이가 그랬거든. 네가 그 애한테 푹 빠져 있다고 말이야."

다이애나가 시무룩하게 말했다.

앤이 웃으면서 시든 '6월의 백합' 꽃다발을 다이애나에게 조심스럽게 건넸다.

"스텔라 메이너드는 딱 한 사람 다음으로 세상에서 가장 소중한 친구야. 그 한 사람은 바로 너야, 다이애나. 난 예전보다 더 널 사랑해. 네게 할 얘기가 정말 많아. 하지만 지금은 여기 앉아서 널 보고 있는 것만으로도 행복해.

지쳤나 봐. 공부만 하고 목표를 좇느라 지친 것 같아. 내일은 과수원 잔디에 누워서 최소한 두 시간은 아무 생각 없이 그냥 있을래."

"넌 멋지게 해냈어, 앤. 에이버리 장학금을 탔으니까 바로 교사가 되진 않을 거지?"

"응, 9월에 레드먼드대학에 갈 거야. 멋질 것 같지 않니? 석 달의 황금 같은 방학을 신나게 보낸 후, 새로운 꿈을 키울 거야. 제인과 루비는 교사가 될 거야. 무디 스퍼전하고 조시 파이까지, 우리가 전부 합격했다는 게 굉장하지 않니?"

"뉴브리지 학교 이사회에서 제인에게 그쪽으로 오라고 벌써 제안했대. 길버트 블라이드도 교사가 될 거래. 길버트는 그럴 수밖에 없지. 걔네 아버지가 대학에 보내 줄 형편이 안 되서서 내년에 자기가 직접 벌어서 갈 생각이래. 아마 에임스 선생님이 그만두기로 결정되면 길버트가 여기 학교로 올 것 같아."

앤은 실망스럽기도 하고 놀랍기도 한 묘한 기분이 들었다. 전혀 모르고 있었다. 앤은 길버트도 레드먼드대학에 가려니 생각했다. 좋은 자극제였던 경쟁자가 없으면 어떻게 해야 할까? 진짜 학위를 받을 대학인데, 친구이자 적이었던 그 아이가 없으면 맥이 빠지지나 않을까?

다음 날 아침 식사 자리에서 앤은 문득 매슈의 낯빛이 좋지 않음을 깨달았다. 확실히 흰머리도 일 년 전보다 많아 보였다.

매슈가 자리를 뜬 뒤에 앤이 망설이다가 물었다.

"아주머니, 매슈 아저씨 건강은 괜찮으세요?"

"아니, 별로 좋지 않단다. 올봄에 심각한 심장 발작이 몇 번이나 왔는데 건강을 조금도 돌보지 않는구나. 오라버니 때문에 걱정이 컸는데, 요즘은 조금 나아졌고 좋은 일꾼도 구했으니까 쉬면서 건강도 되찾길 바라야지. 이젠 네가 집에 왔으니 오라버니도 좋아지실 거야. 늘 널 보면 기운을 내시잖니."

마릴라가 걱정스러운 목소리로 말했다.

앤이 식탁 위로 몸을 기울이며 두 손으로 건너편에 앉은 마릴라의 얼굴을 감쌌다.

"아주머니도 평소와 달라 보여요. 피곤해 보이세요. 너무 일만 하신 거 아닌지 걱정돼요. 이제 제가 왔으니 아주머니도 좀 쉬세요. 전 오늘 하루만 정든 곳들을 둘러보며 옛 꿈들을 찾아다닐게요. 그다음부터는 제가 일할 테니 아주머니도 쉬세요."

마릴라는 자신의 아이를 보며 다정하게 웃었다.

"일 때문이 아니라 두통이 문제란다. 요즘 눈 뒤쪽으로 통증이 너무 잦아서. 스펜서 선생은 안경을 맞추라고 난리지만, 안경을 써도 소용없단다. 지난 1월에 유명한 안과 의사가 섬에 들어왔는데, 그 의사가 진료를 꼭 해 보자고 하더구나. 나도 그러긴 해야 할 것 같다. 책 읽기도 어렵고 바느질도 편히 못하니 말이다. 그래, 앤, 퀸스에서 정말 잘했다는 말을 꼭 하고 싶구나. 일 년 만에 1급 자격증을 따고 에이버리 장학금도 받다니. 린드 부인은 자만하다가는 낭패를 볼 거라고 하고, 여자는 고등 교육을 받을 필요가 없다느니 여자한테 가당치도 않다느니 말하지만, 내 생각은 전혀 달라. 레이철 얘기를 하니 생각나는구나. 너 요 근래 애비 은행에 대해 무슨 소리 못 들었니?"

"위태위태하다는 이야기는 들었어요. 왜요?"

"린드 부인도 그랬거든. 지난주에 언제더라, 여기 와서 그런 비슷한 소리를 했단다. 오라버니가 걱정이 많았지. 우리 돈이 전부 그 은행에 있거든. 한 푼도 남김없이 말이다. 난 처음부터 저축은행 쪽에 돈을 넣었으면 했는데, 애비 씨가 아버지와 절친했던 터라 오라버니는 항상 그 은행만 이용했지. 오라버니는 애비 씨가 은행장으로만 있으면 안심해도 된다지 뭐냐."

"그분은 몇 년 전부터 이름만 걸어 놓고 있는 거 같아요. 연세가 워낙 많으셔서 실제로는 그분 조카들이 은행을 맡았대요."

"아무튼 레이철에게 그 얘기를 듣고는, 오라버니한테 당장 돈을 빼자고 했더니 생각해 보겠다더구나. 그런데 러셀 씨가 어제 은행이 끄떡없다고 오라버니한테 그랬다는 거야."

앤은 자연을 벗 삼아 즐거운 하루를 보냈다. 결코 잊지 못할 하루였다. 하늘은 밝고 화창했고 햇살은 금빛으로 빛났다. 그림자 하나 없는 들판에 꽃들이 흐드러졌다. 앤은 과수원에서 충만한 시간을 보낸 다음 '드라이어드 샘'과 '버드나무 연못'과 '제비꽃 골짜기'를 거닐었다. 목사관에도 들러 앨런 부인과 마음껏 얘기를 나누었고, 마지막으로 저녁이 되어 매슈와 함께 '연인의 오솔길'을 따라 집 뒤편 방목장으로 소를 몰러 갔다. 숲이 저녁놀을 받아

아름답게 물들었다. 따스한 노을빛이 서쪽 언덕의 틈새들을 타고 흘러내렸다. 매슈는 고개를 숙인 채 천천히 걸었고, 큰 키를 꼿꼿이 세운 앤은 경쾌한 발걸음을 늦춰 매슈와 보조를 맞췄다.

"오늘 일을 너무 많이 하셨어요, 아저씨. 왜 편히 쉬질 않으세요?"

앤이 나무라는 투로 말했다.

"글쎄다. 그게 잘 안 되는구나. 나이가 들어서 그래, 앤. 그래서 자꾸 잊어버린단다. 글쎄다, 뭐, 항상 열심히 일을 했으니 일하다 가는 게 차라리 낫지."

매슈가 마당 울타리 문을 열고 소들을 들여보내며 말했다.

"제가 아저씨가 바라던 남자아이였다면 지금쯤 아저씨께 많은 도움이 되었겠죠. 여러 가지로 짐을 덜어드렸을 테고요. 그 생각만 하면 제가 남자아이였다면 좋았을 걸 싶어요."

"글쎄다. 남자아이 열두 명을 준대도 너와 바꾸지 않을 게야, 앤. 잊지 마라. 남자아이 열둘보다 네가 나아. 에이버리 장학생이 남자아이는 아니었지, 아마? 여자아이였

196

는데, 우리 딸, 자랑스러운 내 딸 말이다."

매슈가 앤의 손을 토닥였다.

매슈는 마당으로 들어서며 앤을 보고 수줍은 미소를 지었다. 그날 밤 앤은 방에 올라와서 매슈와 나눈 대화와 미소를 떠올렸다. 그리고 지나온 과거를 추억하고 다가올 미래를 꿈꾸면서 열린 창 앞에 한참을 앉아 있었다. 밖에는 '눈의 여왕'이 안개처럼 하얀 달빛을 휘감았고, 과수원 집 너머 습지에서는 개구리가 합창을 했다. 앤은 그날 밤의 은은하고 평화로운 아름다움과 향기로운 차분함을 언제까지나 기억했다. 그 밤이 앤의 인생에 슬픔이 찾아오기 전 마지막 밤이었으니까. 그 차갑고 신성한 손길이 닿고 나면 어떤 생명도 전과 같을 수 없었다.

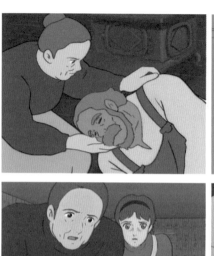

37

죽음이라는 이름의 신

"오라버니…… 오라버니…… 왜 그러세요?
오라버니, 어디 아프세요?"

흔들리는 목소리로 급박하게 말하는 사람은 마릴라였
다. 앤은 하얀 수선화를 한가득 안고 복도를 걸어오고 있
었다. 그 뒤로 오랫동안 앤은 하얀 수선화를, 그 향기도
좋아할 수 없었다. 마릴라의 목소리를 들었을 때, 매슈가
손에 신문을 접어 들고 창백한 얼굴로 현관 문턱에 서 있
는 게 보였다. 앤은 꽃을 떨어뜨리고 부엌을 가로질러 마
릴라와 동시에 매슈에게 뛰어갔지만, 둘 다 너무 늦었다.

두 사람이 다가가기도 전에 매슈는 문간 위로 쓰러졌다.

"기절했어. 앤, 마틴을 당장 불러와, 어, 빨리! 지금 헛간에 있을 거야."

마릴라가 숨을 몰아쉬며 말했다.

우체국에서 막 돌아왔던 일꾼 마틴이 곧바로 다시 의사를 부르러 갔고, 가는 길에 과수원집에 들러 배리 부부에게 소식을 알렸다. 그 집에 와 있던 린드 부인도 함께 건너왔다. 초록 지붕 집에서는 앤과 마릴라가 안절부절못하며 매슈를 깨우려고 애쓰고 있었다.

린드 부인이 조심스럽게 두 사람을 옆으로 비키게 하고는 매슈의 맥박을 짚고, 가슴에 귀를 가져다 댔다. 그러고는 불안에 떠는 두 사람을 슬픈 얼굴로 쳐다보며 눈에 눈물이 가득 고여서는 무거운 목소리로 말했다.

"아, 마릴라. 아무래도…… 우리가 할 수 있는 일은 없는 것 같아요."

"린드 아주머니, 아니죠……. 설마…… 설마 매슈 아저씨가……."

앤은 차마 그 끔찍한 단어를 입에 올릴 수 없었다. 속이 메스껍고 얼굴에서는 핏기가 싹 가셨다.

"얘야, 안됐지만 그런 거 같구나. 얼굴을 보렴. 나처럼 자주 겪다 보면 보기만 해도 어떤 얼굴인지 알아본단다."

앤은 매슈의 고요한 얼굴을 바라보았다. 거기에는 위대한 존재의 인장 같은 게 엿보였다.

의사는 죽음이 순식간에 찾아와 아마 고통 없이 눈을 감았을 거라며, 갑작스럽게 충격을 받은 것 같다고 말했다. 충격의 비밀은 매슈가 손에 들고 있던 신문 안에 있었다. 그 신문은 그날 아침 마틴이 우체국에서 가져온 것으로 '애비 은행 부도' 기사가 실려 있었다.

소식은 빠르게 에이번리 전체로 퍼졌다. 하루 종일 친구와 이웃들이 초록 지붕 집에 모여들었고, 고인과 유족에게 온정을 전하려는 발걸음이 분주히 오갔다. 평생에 처음으로 수줍음 많고 말없는 매슈 커스버트가 중심인물이 되었다. 창백하고 장엄한 죽음이 내려앉아 홀로 왕좌에 누워 있었다.

고요한 밤이 살며시 초록 지붕 집에 내려앉으면서 낡은 집에 잔잔한 적막이 흘렀다. 거실에 놓은 관 안에 매슈 커스버트가 누워 있었다. 희끗한 머리가 길게 자란 얼굴은 평온해 보였고, 희미하게 다정한 미소를 띤 모습은 흡

사 기분 좋은 꿈을 꾸며 자고 있는 것 같았다. 매슈는 꽃에 파묻혀 있었다. 그의 어머니가 신혼 시절 정원에 심었던 그 향긋하고 오래된 꽃들을 매슈는 평생 남몰래 사랑했다. 앤은 그 꽃들을 꺾어 매슈에게 가져다주었다. 창백한 얼굴에 눈물조차 나오지 않는 앤의 눈에는 고통이 스며 있었다. 매슈를 위해 할 수 있는 일은 그것이 마지막이었다.

그날 밤에 배리 부부와 린드 부인은 초록 지붕 집에 함께 있어 주었다. 다이애나는 동쪽 다락방에 올라가 창가에 서 있는 앤에게 다정하게 말했다.

"앤, 오늘 밤은 여기서 같이 잘까?"

앤이 친구의 얼굴을 진지한 눈으로 바라봤다.

"고마워, 다이애나. 내가 혼자 있고 싶다고 말해도 오해하지 않으면 좋겠어. 난 무섭지 않아. 일이 있은 후로 잠시도 혼자 있을 시간이 없었잖아. 그래서 지금은 혼자 있고 싶어. 혼자서 차분하고 조용히 상황을 받아들이고 싶어. 지금은 실감이 안 나. 아저씨가 돌아가실 리 없다는 생각도 들고. 그러다가는 한참 전에 돌아가셔서 지금까지 줄곧 이 끔찍하고 묵직한 고통을 이고 산 것 같다는 생각도 들고."

다이애나는 잘 이해가 되지 않았다. 타고난 진중함과 평생을 벼린 습관을 깨고 폭풍처럼 오열하는 마릴라의 격한 슬픔이, 눈물 한 방울 흘리지 않는 앤의 고통보다 차라리 이해가 쉬웠다. 그러나 다이애나는 앤이 슬픔에 잠긴 첫 밤을 홀로 정리할 수 있도록 선선히 자리를 비켜주었다.

앤은 홀로 있으면 눈물이 흐르겠지 했다. 그렇게 사랑하고 그렇게 다정했던 매슈를 위해 눈물 한 방울 흘리지 못한다는 것은 끔찍한 일이었다. 어제저녁에 저녁놀을 받으며 함께 걸었던 매슈가, 지금은 아래층 어둑한 방에 무서우리만치 평온한 얼굴을 하고 누워 있었다. 하지만 눈물이 나오지 않았다. 어두운 창가에 무릎을 꿇고 앉아 언덕 너머 별빛을 올려다보며 기도를 드리는 순간에도 눈물이 나오지 않았다. 고통과 흥분에 짓눌린 하루 끝에 지쳐 쓰러져 잠들 때까지도 그저 지독하고 무지근한 통증만 계속될 뿐이었다.

한밤중에 깨니, 어둠과 정적만 가득했다. 하루 동안의 기억이 앤에게 슬픈 파도처럼 밀려왔다. 전날 저녁 문 앞에서 헤어질 때 얼굴을 들여다보며 웃어주던 매슈의 미소가 눈앞에 선했다. "우리 딸, 자랑스러운 내 딸"이라고 말하던 매슈의 음성이 귓가에 울렸다. 갑자기 눈물이 쏟아졌고, 앤은 가슴이 터지도록 울기 시작했다. 마릴라가 그 소리를 듣고 앤을 달래 주려 올라왔다.

"자……, 자……, 그렇게 울지 마라, 애야. 그런다고 오라버니가 돌아오진 않아. 그렇게…… 그렇게 울면 안 돼. 그걸 알면서도 아까는 나도 참을 수가 없었지만. 오라버닌 언제나 내게 정말 착하고 다정한 사람이었단다. 하느님은 잘 아시겠지."

"아, 그냥 울게 해 주세요, 아주머니. 우는 게 가슴 아픈 거보다 나아요. 잠시만 제 곁에서 절 안아 주세요. 다이애나와 함께 있을 순 없었어요. 다이애나는 착하고 다정다감한 친구지만…… 이건 그 애의 슬픔이 아닌걸요. 다이애나는 슬픔 속에 있지 않으니까 내 마음을 온전히 이해하고 도와줄 수 없잖아요. 이건 아주머니와 저, 우리 두 사람의 슬픔이에요. 아, 아주머니, 아저씨 없이 어떻게 살죠?"

앤이 흐느껴 울었다.

"우리에겐 서로가 있잖니, 앤. 네가 없었으면……, 네가 이 집에 오지 않았다면 내가 어땠을지 모르겠구나. 아, 앤, 내가 그동안 너한테 조금 엄하고 모질게 굴었다는 거 안다만…… 내가 매슈 오라버니만큼 널 사랑하지 않았다고 생각하면 안 된다. 말할 수 있을 때 말해 주고 싶구나. 마음속 말을 한다는 게 내게는 참 어려운 일인데, 오늘 같은 날은 한결 수월하구나. 난 널 친자식처럼 사랑한단다. 네가 초록 지붕 집에 온 뒤로 너는 내 기쁨이고 위안이었지."

이틀 뒤 매슈 커스버트는 농장 문을 지나 자신이 일구었던 밭과 사랑하던 과수원과 직접 심은 나무들을 영원히 떠났다. 에이번리는 본래의 평온을 찾았고 초록 지붕 집에도 오랜 일상이 제자리를 찾아 예전의 규칙대로 할 일을 처리하고 의무를 다했다. 하지만 '친숙한 무언가'를 잃은 아픈 상실감은 사라지지 않았다. 앤은 매슈 없이도 예전처럼 지낼 수 있다는 사실에 다시 한번 슬픔을 느꼈다. 전나무 위로 태양이 떠오르고 정원에서 연분홍 꽃망울이 피어나는 것을 보면 여전히 기쁜 마음이 흘러들고, 다이애나가 찾아오면 즐겁고 그 명랑한 말과 행동에 미

소 짓고 웃게 된다는 사실에 부끄럽고 죄스러운 마음이 들었다. 꽃이 만개하는 아름다운 세상과 사랑, 우정은 조금도 변함없이 앤의 상상력을 채워 주며 가슴 벅찬 설렘을 주었고, 삶은 여전히 여러 빛깔의 목소리로 끈질기게 앤을 부르고 있었다.

어느 저녁, 앤이 목사관 정원에서 앨런 부인에게 털어놓았다.

"아저씨가 안 계신데 이런 일들로 즐거워하다니 꼭 배신하는 기분이에요. 아저씨가 너무 보고 싶어요. 그런데 늘 그리우면서도 세상이 너무 아름답고 재미있게 느껴져요. 오늘은 다이애나의 이야기에 제가 웃고 있지 뭐예요. 그 일이 있고 나서 다시는 못 웃을 줄 알았거든요. 또 왜 그런지 웃으면 안 될 것 같았고요."

"매슈 아저씨는 살아 계실 때 네가 웃는 걸 좋아하셨고, 네가 주위에 있는 것들 속에서 즐거움을 발견하는 걸 좋아하셨어. 아저씨는 지금 멀리 계신 것뿐이고, 여전히 네가 그러길 바라셔. 자연이 선물하는 치유의 힘을 거부해서는 안 돼. 하지만 네 기분을 이해한단다. 우리 모두 같은 일을 겪으니까. 사랑하는 사람과 더는 즐거움을 나눌 수 없는데도 우리가 즐거움을 느낀다는 사실에 화가 나고, 삶에 관심이 생기는 자신을 보면서 진정으로 슬퍼하지 않는다고 생각하지."

앨런 부인이 다정하게 말했다.

"오늘 낮에 매슈 아저씨 무덤에 장미를 심으러 갔어요. 아저씨의 어머니가 예전에 스코틀랜드에서 가져오신 하얀 장미의 모종인데, 아저씨가 그 장미를 제일 좋아하셨거든요. 가시 돋친 줄기에 꽃이 아주 작고 귀엽게 피어요. 그 장미를 아저씨 무덤가에 심는데 기뻤어요. 그렇게 가까이에 심어 놓으니 아저씨가 즐거워하실 거 같았거든요. 천국에도 그런 장미가 있었으면 좋겠어요. 어쩌면 그 숱한 여름 동안 아저씨가 사랑을 주었던 작고 하얀 장미 영혼들이 천국에서 아저씨를 기다리고 있었을지도 모르죠. 이제 집에 가야겠어요. 마릴라 아주머니가 혼자 계셔서 해가 지면 쓸쓸해 하시거든요."

앤이 꿈꾸듯 말했다.

"네가 대학으로 떠나면 더 외로워지실 텐데 걱정이구나."

앤은 대답 없이 인사만 하고 터벅터벅 초록 지붕 집으

로 돌아갔다. 마릴라가 현관 계단에 앉아 있었다. 앤은 그 옆에 나란히 앉았다. 등 뒤의 현관문은 커다란 분홍빛 소라고둥 껍데기로 받쳐 열어 놓았다. 소라고둥 껍데기 안쪽의 매끈한 소용돌이 모양이 바닷가에 드리운 저녁놀을 떠올리게 했다.

앤은 연노랑 인동꽃이 달린 작은 가지들을 주워 머리에 꽂았다. 움직일 때마다 머리 위에서 하늘의 축복인 양 향긋한 냄새가 퍼지는 게 참 좋았다.

"네가 없을 때 스펜서 선생님이 다녀가셨단다. 내일 전문가가 시내로 들어온다면서 꼭 가서 진료를 받아보라고 하시더구나. 나도 이번에 확실하게 알아보는 게 좋겠어. 그 의사가 내 눈에 꼭 맞는 안경을 맞춰 준다면 그보다 고마운 일이 어디 있겠니. 내가 없는 동안 집에 혼자 있어도 괜찮겠니? 마틴은 날 태워다 줘야 하고, 다림질거리도 있고 빵도 구워야 하는데."

"전 괜찮아요. 다이애나와 같이 있을 거예요. 옷도 칼같이 다리고 빵도 맛있게 구워 놓을게요. 손수건에 풀을 먹이거나 케이크에 진통제를 넣을까 걱정 안 하셔도 돼요."

마릴라가 웃었다.

"그때 넌 정말 실수투성이였단다, 앤. 늘 말썽을 달고 다녔지. 네게 뭐가 씐 건 아닐까 걱정했을 정도니까. 머리 염색했을 때 기억하니?"

앤이 맵시 있게 땋은 머리를 만지작거리며 조용히 웃었다.

"그럼요. 그건 평생 못 잊어요. 지금도 머리 때문에 얼마나 속상해 했는지 생각하면 웃음이 나온다니까요. 그래도 막 웃진 않아요. 그땐 정말 심각했거든요. 머리랑 주근깨 때문에 마음고생이 이만저만이 아니었잖아요. 주근깨는 이제 깨끗이 사라졌고, 제 머리도 사람들이 고맙게 적갈색이라고 말하잖아요. 조시 파이만 빼고요. 어제는 저 보고 머리가 더 빨개졌거나, 까만 옷 때문에 더 빨갛게 보인다는 거예요. 그러면서 빨강 머리인 사람들도 자기 머리에 익숙해지기는 하냐고 묻더라고요. 아주머니, 조시 파이를 좋아하려는 노력을 그만둘까 봐요. 엄청나게 노력해도, 도무지 좋아할 수가 없어요."

마릴라가 툭 내뱉듯 말했다.

"파이 집안 사람이잖니. 밉상일 수밖에. 그런 사람들도 다 사회에 쓰임이 있겠거니 생각은 한다만, 솔직히 쓰임

새로 치자면 엉겅퀴가 낫지 싶다. 조시 파이도 교사가 된 다던?"

"아뇨, 다시 퀸스로 돌아간대요. 무디 스퍼전이랑 찰리 슬론도 그렇고요. 제인하고 루비는 교사가 될 건데, 벌써 학교도 정해졌어요. 제인은 뉴브리지, 루비는 서쪽 어디에 있는 학교로 갈 거래요."

"길버트 블라이드도 교사가 될 거라지?"

"네."

"참 잘생긴 청년이야. 지난 일요일에 교회에서 봤는데, 키도 아주 크고 남자답더구나. 그맘때 제 아버지를 쏙 빼닮았어. 존 블라이드도 멋진 아이였거든. 우린 아주 친한 친구였단다. 사람들은 존이 내 남자친구라고들 했지."

앤이 눈을 동그랗게 뜨고 마릴라를 쳐다보았다.

"어머, 아주머니, 그래서 어떻게 됐어요? 왜 그분이 랑⋯⋯."

"싸웠어. 존이 사과를 했지만 내가 받아주지 않았지. 시간이 좀 지나면 용서해 줄 생각이었지만 일단은 혼을 내주고 싶었단다. 그때 내가 단단히 화가 났었거든. 그런데 존이 다시는 돌아오지 않았어. 블라이드 집안 사람들은 자존심이 아주 세거든. 내내 후회했단다. 기회가 있었을 때 용서했더라면 좋았을걸 하고 늘 생각했지."

"아주머니 인생에도 작은 낭만이 있었네요."

앤이 나직이 말했다.

"그래, 네가 그렇게 말할 줄 알았다. 날 보면서 그런 생각은 안 들었지? 하지만 절대로 사람을 겉모습만 보고 판단해서는 안 된단다. 모두들 나하고 존에 대한 일을 잊었지. 나도 그랬고. 그런데 지난 일요일에 길버트를 보니 옛일이 새삼스레 떠오르더구나."

길모퉁이에서

다음 날 마릴라는 시내로 나갔다가 저녁 무렵에야 돌아왔다. 앤이 과수원집에 다이애나를 바래다주고 오니 마릴라는 한 손으로 머리를 받친 채 부엌 식탁에 앉아 있었다. 뭔가 낙심한 듯한 모습에 앤은 심장이 철렁 내려앉았다. 마릴라가 지금처럼 기력 없이 축 처져 있는 모습은 한 번도 본 적이 없었다.

"많이 피곤하세요, 아주머니?"

마릴라가 고개를 들어 앤을 보며 진이 다 빠진 듯 말했다.

"그래……. 아니…… 모르겠다. 피곤한 것 같긴 한데 그래서 그런 건 아니란다. 피곤해서가 아니야."

"안과 의사는 만나 보셨어요? 뭐라고 하던가요?"

앤이 걱정스럽게 물었다.

"그래, 눈 검사를 했단다. 의사 말이, 독서랑 바느질도 하지 말고 눈에 무리가 가는 일은 아무것도 하지 말라더구나. 그리고 울지 않게 조심하고 자기가 맞춰준 안경을 쓰면 눈도 더 나빠지지 않고 두통도 나아질 거래. 하지만 자기 말대로 안 하면 여섯 달 안에 눈이 멀 게 확실하다는구나. 눈이 멀다니! 앤, 생각도 하기 싫다!"

순간 너무 놀라 짧게 탄식을 뱉은 앤은 잠깐 동안 말이 없었다. 아무 말도 나오지 않았다. 그러다가 용기를 내어 아직은 뭐가 뭔지 잘 모르겠다는 목소리로 입을 열었다.

"아주머니, 그렇게 생각하지 마세요. 의사가 희망이 있다고는 했잖아요. 조심하면 시력이 더 나빠지지 않을 거예요. 그리고 안경 덕분에 두통이 나아진다면 그것도 좋잖아요."

"희망이라는 생각이 별로 안 드는구나. 책도 못 읽고 바느질 같은 것도 못하면 무슨 낙으로 살겠니? 그냥 눈이 멀거나…… 죽는 게 낫지. 우는 것도 그래. 쓸쓸하다는 생각이 들면 눈물을 참을 수가 없단다. 하긴, 이런 소리가 다 무슨 소용일까. 차 한 잔 주면 고맙겠구나. 갈 때가 된 게지. 어쨌든 이 얘기는 아직 아무한테도 입도 벙긋 마라. 사람들이 여길 와서 이것저것 묻고 동정하고 그런 얘기하는 게 참기 힘들 거 같구나."

마릴라가 침통하게 말했다.

마릴라가 저녁 식사를 마치자, 앤은 잠을 좀 자라고 권했다. 그리고 자기도 동쪽 다락방으로 올라가 어둠 속에서 홀로 창가에 앉아 무거운 마음으로 눈물을 흘렸다. 집으로 돌아와 창가에 앉았던 그날 밤 이후로 슬픈 일들이 연이어서 얼마나 일어났는지! 그때만 해도 앤의 마음은 희망과 기쁨으로 가득했고, 미래는 장밋빛 약속으로 채워진 듯 보였다. 그날 이후로 몇 년은 지난 느낌이었다. 그러나 잠자리에 들기 전에 앤은 미소를 머금었고 마음에는 평화가 찾아왔다. 앤은 자신에게 주어진 책임을 용기있게 마주했고, 마음을 내려놓고 순순히 받아들이면 의무도 친구가 될 수 있음을 깨달았다.

며칠 뒤 어느 오후에 마릴라가 앞마당에서 손님과 이

야기를 나누고 천천히 들어왔다. 찾아온 사람은 앤도 안면이 있는 카모디에서 온 새들러라는 남자였다. 앤은 그 남자가 무슨 말을 했기에 마릴라가 저런 표정을 짓는지 의아했다.

"새들러 씨가 왜 오셨어요, 아주머니?"

마릴라는 창가에 앉아 앤을 바라봤다. 안과 의사가 경고를 주었건만 마릴라의 눈에는 눈물이 차올랐고 목소리는 갈라져 나왔다.

"내가 초록 지붕 집을 판다는 소리를 듣고 이 집을 사고 싶어 하는구나."

"판다고요! 초록 지붕 집을 파신다고요? 아, 마릴라 아주머니, 정말 초록 지붕 집을 팔 생각은 아니시죠?"

앤은 제대로 들은 게 맞는지 귀를 의심했다.

"앤, 달리 방법이 없잖니. 나도 이리저리 생각이 많았단다. 눈이라도 건강하면 쓸 만한 일꾼을 고용해서 농장일이고 살림이고 어떻게든 꾸려나갈 수 있겠지. 하지만 그럴 수가 없잖니. 시력을 완전히 잃을 수도 있고, 아무튼 이 집을 건사하기 어려워질 게야. 휴, 나도 이 집을 팔게 될 날이 오리라곤 생각도 못했단다. 상황이 점점 나빠질

220

텐데 나중엔 사겠다는 사람도 없을지 몰라. 우리 돈은 모조리 다 그 은행에 있었고, 지난가을에 오라버니가 쓴 어음도 조금 있거든. 린드 부인은 농장을 팔고 어디서 하숙이라도 하라고 충고하더구나. 자기 집으로 들어오란 소리겠지. 팔아봤자 큰돈은 안 될 게야. 농장도 자그마한 데다 집도 오래되고 해서. 하지만 내가 생활할 정도는 될 것 같구나. 네가 장학금을 받아서 얼마나 다행인지, 앤. 방학 때 돌아올 집이 없어져서 너한테 미안할 뿐이구나. 그래도 넌 어떻게든 잘 견디리라 믿는다."

마릴라가 무너져 내리듯 서러운 울음을 터뜨렸다.

"절대 초록 지붕 집을 파시면 안 돼요."

앤이 단호하게 말했다.

"아, 앤, 나도 그러면 좋겠구나. 하지만 너도 알잖니. 난 여기서 혼자 지낼 수가 없어. 힘들고 외로워서 고통스러울 거야. 눈도 보이지 않게 될 테고……. 결국 그렇게 될 게야."

"혼자 지내지 않으셔도 돼요, 아주머니. 제가 아주머니 곁에 있을 테니까요. 저, 레드먼드에 가지 않을 거예요."

"레드먼드에 가지 않는다니! 그게 무슨 소리냐?"

221

마릴라가 두 손에 파묻고 있던 수심 가득한 얼굴을 들어 앤을 바라봤다.

"말씀드린 그대로예요. 장학금을 받지 않으려고요. 아주머니가 병원에 다녀오신 날 밤에 결정했어요. 그동안 아주머니가 제게 어떻게 해 주셨는데요. 아프신 아주머니를 혼자 두고 정말로 제가 떠날 거라고 생각하셨어요? 이리저리 생각하면서 계획을 세웠어요. 한번 들어 보세요. 배리 아저씨가 내년에 우리 농장을 임대하고 싶어 하세요. 그러니까 농장 걱정은 안 하셔도 돼요. 그리고 전 교사가 될 거예요. 여기 학교에 벌써 지원도 했어요. 이사회에서 길버트 블라이드를 채용하기로 했다고 하니 별로 기대는 안 하지만요. 하지만 카모디의 학교는 갈 수 있어요. 어젯밤에 가게에 갔다가 블레어 씨한테 들었어요. 물론 에이번리 학교처럼 편하고 좋진 않겠죠. 그래도 날씨만 따뜻하면 집에서 마차로 카모디로 출퇴근할 수 있어요. 겨울에는 금요일마다 집에 오면 되고요. 그러니까 말은 팔지 않는 게 좋겠어요. 아, 계획은 이미 다 세웠어요, 아주머니. 제가 책도 읽어드리고 힘이 되어 드릴게요. 지루하지도, 외롭지도 않으실 거예요. 여기서 아주머니와 저, 이렇게 둘이 정답고 행복하게 살아요."

마릴라는 꿈꾸는 표정으로 앤의 말에 귀를 기울였다.

"아, 앤, 네가 같이 있어 준다면 지내는 데 아무런 문제
가 없지. 하지만 나 때문에 널 희생시킬 수는 없단다. 그
건 생각도 하기 싫다."

앤이 경쾌하게 웃었다.

"그런 말이 어디 있어요! 희생이라뇨. 초록 지붕 집을
포기하는 것보다 더 큰 희생은 없어요. 저한테 그보다 마
음 아픈 일은 없어요. 우린 이 정든 우리의 공간을 지켜야
해요. 전 마음을 굳혔어요, 아주머니. 레드먼드에는 가지
않겠어요. 여기서 지내면서 교사가 될 거예요. 제 걱정은
조금도 하지 마세요."

"하지만 네 꿈과…… 또……."

"전 지금 어느 때보다도 포부에 넘치는걸요. 단지 그 대
상을 바꿨을 뿐이에요. 전 좋은 선생님이 될 거예요. 아주
머니의 시력도 지켜드릴 거고요. 게다가 집에서 공부하
면서 제 힘으로 대학 과정도 조금씩 익힐 거고요. 와, 계
획이 정말 많아요, 아주머니. 일주일 동안 이 생각만 했어
요. 여기서 최선을 다해 살면 그에 따른 대가가 주어지리

라 믿어요. 퀸스를 졸업할 땐 미래가 곧은길처럼 제 앞에 뻗어 있는 것 같았어요. 그 길을 따라가면 중요한 이정표들을 수없이 만날 것 같았죠. 그런데 걷다 보니 길모퉁이에 이르렀어요. 모퉁이를 돌면 뭐가 있을지 모르지만, 전 가장 좋은 게 있다고 믿을래요. 길모퉁이에도 나름의 매력이 있어요, 아주머니. 모퉁이 너머 길이 어디로 향하는지 궁금하거든요. 어떤 초록빛 영광과 다채로운 빛과 그림자가 기다릴지, 어떤 새로운 풍경이 펼쳐질지, 어떤 새로운 아름다움과 마주칠지, 어떤 굽잇길과 언덕과 계곡들이 나타날지 말이에요."

"그래도 네가 그걸 포기하게 내버려 두면 안 될 것 같구나."

마릴라가 장학금 이야기를 내비쳤다.

"절 말리진 못하세요. 전 열여섯 살이 되고도 여섯 달이 지났고, 언젠가 린드 아주머니가 말씀하셨듯이 '노새처럼 고집불통'이니까요."

앤이 웃었다.

"아, 아주머니, 제가 불쌍하다는 생각은 마세요. 동정은 싫어요. 동정 받을 이유도 없고요. 전 정든 초록 지붕 집에서 지낼 수 있다고 생각하니 진심으로 기쁜걸요. 이 집을 아주머니와 저처럼 사랑할 수 있는 사람은 아무도 없을 거예요. 그러니까 꼭 집을 지켜야 해요."

"착하기도 하지! 네 덕분에 다시 살아난 기분이야. 너를 끝까지 설득해서 대학에 보내야 할 것 같지만, 그럴 수가 없구나. 그러니 가타부타하지 않으마. 네가 정하는 대로 하자꾸나, 앤."

마릴라는 한발 물러섰다.

앤 셜리가 대학을 포기하고 집에 남아 교사가 되기로 했다는 소문이 에이번리에 퍼지자 온갖 말이 나돌았다. 선량한 마을 사람들 대다수는 마릴라의 눈에 대해 알지 못한 채 마릴라가 어리석다고 탓했다. 하지만 앨런 부인은 예외였다. 앨런 부인은 앤의 결정을 지지했고, 앤은 기쁨의 눈물을 흘렸다. 마음씨 좋은 린드 부인도 달랐다. 어느 저녁 린드 부인이 찾아왔을 때 앤과 마릴라는 따뜻하고 향긋한 여름의 석양을 받으며 현관 앞에 앉아 있었다. 두 사람은 황혼이 내릴 무렵, 정원 위로 흰 나방이 날아다니고 촉촉한 대기에 박하향이 가득 퍼질 즈음 그 자리에 앉아 있는 것을 좋아했다.

린드 부인은 문 옆 돌 벤치에 묵직한 몸을 내려놓으며, 피곤과 안도가 뒤섞인 숨을 길게 내쉬었다. 벤치 뒤로는 분홍색과 노란색의 키 큰 접시꽃들이 줄지어 피었다.

"앉으니 살겠네요. 온종일 돌아다녔더니. 90킬로그램이나 되는 몸을 두 발로 지탱하는 게 쉬운 일이 아니에요. 뚱뚱하지 않은 건 큰 복이에요, 마릴라. 고마워해야 해요. 그래, 앤, 대학을 포기했다는 소식 들었다. 그 소릴 듣고는 잘했다 생각했어. 여자가 그 정도 배웠으면 충분하지. 난 여자애들이 남자하고 같이 대학에 가서 라틴어니 그리스어니 온통 쓸데없는 것들로 머리를 채울 필요가 없다고 생각한단다."

"하지만 저도 라틴어와 그리스어를 공부할 건데요, 린드 아주머니. 여기 초록 지붕 집에서 인문학 과정을 밟을 거예요. 대학에서 가르치는 건 빠짐없이 공부하려고요."

앤이 웃었다.

린드 부인이 깜짝 놀라 못 말리겠다는 듯 두 손을 들었다.

"앤 셜리, 고생을 자청하는구나."

"고생은요. 전 잘해낼 거예요. 그렇다고 무리하진 않을 거예요. '조사이어 앨런 씨의 부인'*처럼 말하면, '엔간히' 할게요. 하지만 겨울밤은 긴 데다 전 수예에 소질이 없으니까 여유 시간이 많을 거예요. 제가 카모디의 학교로 다니게 된 건 아시죠?"

"그건 몰랐구나. 난 네가 여기 에이번리에서 가르칠 줄 알았는데. 이사회에서 널 채용하기로 했다고 하던걸."

"린드 아주머니! 그럴 리가요. 이곳 학교는 길버트 블라이드가 가기로 되어 있었어요."

앤이 깜짝 놀라 벌떡 일어서며 소리쳤다.

"그랬지. 그런데 네가 여기에 지원했다는 소식을 듣자마자 길버트가 이사들을 찾아갔다더구나. 어젯밤에 학교에서 이사회가 열렸잖니. 거기 가서 지원을 취소할 테니 네게 자리를 주라고 했다더구나. 자기는 화이트샌즈의 학교로 갈 거라면서 말이야. 물론 오로지 널 도우려고 여기 학교를 포기한 거지. 네가 얼마나 마릴라 곁에 있고 싶어 하는지 아니까 말이야. 얼마나 친절하고 사려 깊은 아

---

* 미국 작가 매리에타 홀리가 1873년부터 연작으로 집필한 소설 10권의 주인공

이냐. 진정으로 자기를 희생한 거지. 화이트샌즈에서 있으려면 하숙비도 들 테고, 우리가 다 알듯이 그 애도 자기 힘으로 대학 학비를 벌어야 하는데 말이야. 그래서 이 사회에서 너를 채용하기로 결정했어. 토머스가 집에 와서 그 얘기를 하는데 내가 얼마나 기뻤는지 모른단다."

"그걸 받아들이면 안 될 거 같아요. 그러니까…… 저 때문에…… 저 때문에 길버트가 그런 희생을 하게 할 순 없어요."

앤이 중얼거렸다.

"이젠 무를 도리가 없단다. 길버트는 화이트샌즈 쪽 이 사회와 계약서도 작성했다더구나. 그러니까 네가 거절해도 길버트한테 도움될 게 없어. 당연히 네가 에이번리 학교로 가야지. 넌 잘할 수 있을 거야. 이제 파이 씨네 아이들도 없거든. 조시가 마지막 아이였기에 망정이지. 지난 20년 동안 에이번리 학교에 파이 집안 애들이 안 다닌 적이 없었어. 하나같이 선생님을 괴롭히려고 태어난 애들 같았다니까. 에구머니! 배리 씨 집에서 깜박깜박하는 저게 도대체 뭐냐?"

"다이애나가 오라고 신호를 보내는 거예요. 옛날부터

하던 거예요. 잠깐 가서 무슨 일인지 알아보고 올게요."

앤이 웃으며 말했다.

앤은 클로버로 뒤덮인 비탈길을 사슴처럼 뛰어내려가 '유령의 숲'에 솟은 전나무 그늘 속으로 사라졌다. 린드 부인은 앤의 뒷모습을 흐뭇한 눈으로 좇았다.

"어떻게 보면 아직도 어린애 같은 면이 많단 말이에요."

"달리 보면 숙녀다운 면이 훨씬 많아요."

순간 예전의 퉁명스런 성격이 되살아나 마릴라가 반박했다. 그러나 마릴라도 더는 퉁명스럽다고만 할 수는 없었다. 린드 부인은 그날 밤 토머스에게 이렇게 말했다.

"마릴라 커스버트가 부드러워졌어요. 정말이라니까요."

다음 날 저녁에 자그마한 에이번리 공동묘지를 찾은 앤은 매슈의 무덤에 새 꽃을 놓고 스코틀랜드 장미에 물을 주었다. 앤은 땅거미가 질 때까지 그곳을 서성였다. 포플러나무 잎사귀가 다정한 목소리로 나지막이 바스락거리고, 무덤가에 자라난 잔디가 소곤소곤 살랑대는 이 작은 공간의 평온과 고요가 좋았다. 이윽고 앤이 묘지를 나와 '반짝이는 호수'까지 긴 비탈길을 걸어 내려갈 즈음, 해가 넘어가면서 에이번리 마을 전체에 꿈결 같은 저녁

놀이 내려앉았고 '태고의 평화'가 드리워졌다. 클로버 들판 위로 바람이 불자 상쾌한 공기에 꿀처럼 달콤한 향기가 섞였다. 농가의 나무들 사이로 집집마다 불빛이 반짝거렸다. 저 멀리 누운 바닷가에는 자줏빛 안개가 피어올랐고 희미한 파도 소리가 끊임없이 속살댔다. 서쪽에는 형형색색 부드럽게 어우러진 빛깔의 향연이 호수 위로 한층 더 고운 음영을 그렸다. 그 모든 아름다움에 앤은 마음이 벅차올랐고 마음의 문을 활짝 열어 고마움을 전했다.

"정든 세상아, 정말 아름답구나. 내가 네 안에 살아 있다는 게 기뻐."

언덕 중간쯤 내려왔을 때 키 큰 청년이 휘파람을 불며 블라이드 씨네 집 문을 열고 나왔다. 길버트였다. 앤을 알아본 길버트의 입에서 휘파람 소리가 멈췄다. 길버트는 정중하게 모자를 벗었다. 하지만 앤이 걸음을 멈추고 손을 내밀지 않았다면 아무 말 없이 그냥 지나쳐 갔을 터였다.

앤이 뺨을 붉히며 말했다.

"길버트, 나를 위해 학교를 양보해 줘서 고마워. 나에게 정말 큰 도움이었어. 내가 고마워한다는 걸 말해 주고 싶었어."

길버트가 앤이 내민 손을 덥석 잡았다.

"그렇게 대단한 일도 아닌데, 뭐. 너한테 작은 도움이라
도 줄 수 있어서 좋았어. 이제 우리 친구가 되는 거니? 오
래전 내 실수를 정말 용서한 거야?"

앤이 웃으며 손을 빼려고 했지만 소용이 없었다.

"그날 연못가에서 이미 널 용서했어. 그땐 나도 몰랐지
만. 난 정말 어리석은 고집쟁이였어. 사실…… 솔직히 고
백하면…… 그때 이후로 줄곧 후회하고 있었어."

"우린 최고의 친구가 될 거야. 우리는 태어날 때부터 좋
은 친구가 될 운명이었어, 앤. 네가 오랫동안 그 운명을
거슬렀던 거지. 우린 서로에게 여러 가지로 도움이 될 거
야. 앞으로 공부는 계속할 거지? 나도 그래. 가자. 집까지
바래다줄게."

길버트가 기쁨에 넘쳐 말했다.

앤이 부엌으로 들어오자 마릴라가 궁금한 듯이 쳐다
봤다.

"같이 걸어온 사람이 누구니, 앤?"

"길버트 블라이드예요. 배리 아저씨 댁 언덕을 지나다
가 만났어요."

얼굴이 빨개진 앤이 당황하며 대답했다.

"너와 길버트가 문 앞에 서서 30분 동안 이야기를 나눌 정도로 친한 사이인 줄 몰랐구나."

마릴라가 천연덕스럽게 미소를 지으며 말했다.

"맞아요……. 우린 그냥 선의의 경쟁자였어요. 하지만 앞으로는 좋은 친구로 지내는 게 훨씬 합리적일 거라고 생각했어요. 우리가 정말 30분이나 서 있었어요? 고작 몇 분밖에 안 된 것 같았는데. 사실 5년 동안 못다 한 이야기가 너무 많잖아요, 아주머니."

그날 밤 앤은 한껏 만족한 마음으로 오랫동안 창가에 앉아 있었다. 벚나무 가지 사이로 부드럽게 살랑거리는 바람을 타고 박하향이 실려 왔다. 골짜기 안에 뾰족하게 솟은 전나무 위로 별들이 반짝였고, 언제나처럼 나무 사이로 다이애나 방의 불빛이 새어 나왔다.

퀸스에서 돌아와 창가에 앉았던 그날 밤 이후로 앤 앞에 놓인 미래의 지평선이 좁아졌다. 하지만 발 앞에 놓인 길이 좁아진다 해도, 앤은 그 길을 따라 잔잔한 행복의 꽃이 피어나리라는 것을 알고 있었다. 진실한 노력과 훌륭한 포부와 마음이 통하는 친구가 있다는 기쁨이 앤에게

깃들었다. 그 무엇도 타고난 앤의 상상력과 꿈이 가득한 이상 세계를 빼앗을 수 없었다. 그리고 길에는 언제나 모퉁이가 있었다!

앤이 나직이 속삭였다.

"하느님 하늘에 계시니 세상은 평안하여라."*

---

* 로버트 브라우닝(영국 빅토리아 시대의 대표 시인)의 〈피파가 지나간다〉 중에서

삶을 긍정하고 사랑한
희망의 아이콘, 앤 셜리

1970년대와 1980년대에 어린 시절을 보낸 사람이라면 《빨강 머리 앤》을 '주근깨 빼빼 마른 빨강 머리 앤'이라는 주제곡과 만화영화로 먼저 접했을 것이다. 책을 읽지 않은 사람이라도 초록 지붕 집에 사는 빨강 머리 앤이 상상력 풍부한 고아 소녀고 예쁜 길이나 풍경에 이름 붙이기를 좋아한다는 사실 정도는 알고 있었다.

프린스에드워드 섬의 작은 시골 마을 에이번리에 사는 매슈 커스버트와 마릴라 커스버트 남매는 나이가 들어 힘이 부치자, 농장 일을 거들 남자아이를 입양하려 하지만 착오가 생겨 열한 살의 고아 소녀 앤 셜리를 맡아 키우게 된다. 부모님을 일찍 여의고 자기를 반기지 않는 사람들과 일손을 빌리려는 사람들 사이를 전전하다가 처음으로 집다운 집에 살게 된 앤 셜리는, 원래의 이름보다 로맨틱한 이름으로 불리기를 원하고 상상할 거리만 눈에 띄면 몽상에 빠져들어 하던 일을 까먹기 일쑤인 못 말리는 실수투성이 아이였다. 본래 풍부한 상상력을 타고나기도 했지만 어린 시절 앤을 둘러싼 고되고 외로운 일상이 감수성 넘치는 소녀를 더 상상 속으로 밀어 넣었을 것이다. 책장 유리문에 비친 자신의 모습과 골짜기에서 메아리치는 자기 목소리에 이름을 붙여 상상 속 친구를 만든 것도, 고아원 앞의 앙상하고 처량한 나무들이 자신의 처지 같아 마음 아파한 것도, 어찌 보면 모두 어린아이가 감당하기 힘든 외로운 울림의 반영이었을 테니 말이다.

저자 몽고메리의 삶이 투영된 빨강 머리 앤

앤의 외로움은 작가 자신의 것이었을지도 모른다. 어릴 때 부모님을 잃고도 밝고 꿋꿋하게 자라나 능력을 갖춘 어엿한 숙녀가 되는 앤 셜리의 인생은 작가 몽고메리의 것과 닮았다. 물론 앤 셜리의 외모는 당시 무성영화 시대를 주름잡던 아름다운 여배우 에벌린 네즈빗의 사진을 보고 영감을 떠올렸다고 한다. 많은 사람들이 예쁘지 않은 주근깨투성이로 기억하는 어릴 적 얼굴과 달리 성장한 앤을 예쁘고 근사하다고 심심찮게 표현하는 것도 이런 이유에서일 것이다.

루시 모드 몽고메리는 1874년 11월 30일 프린스에드워드 섬에서 태어났다. 태어난 지 21개월 만에 어머니가 세상을 뜨자 아버지는 재혼하여 서부로 떠나면서 어린 몽고메리를 캐번디시의 외할아버지와 외할머니에게 맡겼다. 이 시골 마을에서 몽고메리는 앤과 같은 감성을 키우고 샬럿타운의 지역 신문에 시를 발표하며 작가로서 재능을 가꾸었다. 캐번디시에 살던 어린 시절 잘못 입양된 열한 살짜리 고아 여자아이의 이야기를 쓴 적이 있는데, 그 이야기가 《빨강 머리 앤》의 기초가 되었다. 또 소설 속에서 앤이 다닌 퀸스 학교의 모델이 된 샬럿타운의 프린스오브웨일스대학과 핼리팩스의 댈하우지대학을 졸업한 뒤 직접 교편을 잡기도 했고, 외할아버지가 돌아가신 뒤에는 외할머니를 도우려고 캐번디시로 돌아와 우체국 일을 했다. 그리고 이곳에서 캐번디시의 들판이 내려다보이는 창가에 앉아 주로 황혼이 내린 저녁에 집필하며 자신의 삶이 투영된 《빨강 머리 앤》을 완성했다. 그리고 《빨강 머리 앤》의 성공에 힘입어, 앤의 대학 생활과 결혼 생활을 비롯하여 죽음에 이르기까지의 일대기를 여러 권의 속편으로 발표했다. 앤 시리즈의 속편들은 안타깝게도 본편만큼 선풍적인 인기를 끌지는 못했다.

빅토리아 시대 소녀들의 꿈과 상상

《빨강 머리 앤》의 배경으로 추정되는 1870년대와 1880년대는 소설의 무대인 프린스에드워드 섬이 영국의 식민지에서 영국령 캐나다 자치연방으로 독립된 직후였다. 세계 곳곳에서 이민자들이 새로운 땅을 개척하겠다는 꿈을 안고 캐나다를 찾아왔고, 도시화와 산업화가 진행되어 건물에는 전깃불이 들어왔다. 그러나 아직 대부분의 사람들은 호롱불을 밝히는 시골 마을의 작은 집에 살았고, 캐나다로 유입된 이민자들 대부분은 빈민 신세를 면치 못했다. 그리고 그중에서도 가장 차별받는 위치에 있던 이들이 바로 여성과 아이들이었다. 여성의 지위가 나아지고는 있었지만 아직 성인 여자에게 선거권이 없었던 것은 물론, 사회로 나아가 능력을 펼칠 수 있는 기회도 매우 제한적이었다. 여자아이들이 수학보다 살림과 바느질을 잘하는 것을 미덕으로 여기던 시대였다.

이렇듯 여성이 정숙하고 순종적이기를 기대하는 시대에 소설은 여성이 사회적으로 자신을 실현할 수 있는 하나의 돌파구였다. 그리하여 이 시대의 소설은 억압된 여성성을 일부 해방시킨 진취적이고 독립적인 여성상을 그리면서도, 온 가족이 둘러앉아 읽기에 부족함이 없는 건전한 내용과 산업화로 급변하는 시기에 변치 않는 도덕률과 일상의 감성을 담아내야 했다. 아직까지는 소설이 독자들에게 사회의 주류 가치관에 반하는 혁신적인 영향을 끼칠 수 있는 사회적 분위기가 아닌 탓이었다. 이런 점에서 《빨강 머리 앤》에 가장 도드라진 장점은 생기발랄한 주인공과 낭만적인 줄거리라고 할 수 있다. 그러나 무엇보다 《빨강 머리 앤》이 오늘날까지 여전히 사랑받는 걸작으로 남을 수 있었던 힘은, 어려운 상황에서도 주변에 대한 따뜻한 시선을 잃지 않고 시행착오를 거치며 밝고 당당한 모습으로 자라나는 고아 소녀의 성장기가 갖는 매력에 있을 것이다.

소설의 끝에서 앤은 가진 능력을 마음껏 펼치며 원하는 목표를 향해 곧게 뻗은 길을 걸어 승승장구하지 않는다. 그렇게 뻗어 있을 것만 같던 길 위에서 원대한 포부를 잠시 접고 무엇이 나올지 모를 길모퉁이로 접어든다. 앤의 발목을 잡은 것은 어쩌면 감사하는 마음으로 소중한 것을 지키고자 꿈을 보류하는 아름다운 희생정신이었을 수도 있고, 가족 간의 사랑과 여성의 희생에서 소박한 행복을 찾는 시대적 압박이었을 수도 있다. 그럼에도 앤이 보여준 가치는 현재에도 의미가 있다. 예기치 못한 그 길에 잔잔한 행복의 꽃이 피어나리라는 긍정은 시대를 초월하여 인간의 삶을 다시 일어서게 만드는 힘이기 때문이다.

유난히 환하고 선명하게 반짝이는 별빛 아래 소담스레 피어나 흩날리는 새하얀 사과꽃들, 장밋빛 노을이 내려앉은 들판과 골짜기, 그 위를 스쳐가는 향긋하고 상쾌한 바람. 앤과 함께 이곳 에이번리의 들판에 앉아 잠깐 쉬어갈 수 있다면, 그래서 한 소녀가 어려움에 굴하지 않고 자신을 둘러싼 환경과 소통하며 어엿한 숙녀로 자라났다는 전설을 떠올릴 수 있다면, 오늘날 우리에게 그보다 더 큰 휴식과 위로가 어디 있으랴.

박혜원

루시 모드 몽고메리

Lucy Maud Montgomery (1874~1942)

1874년   11월 30일 캐나다 프린스에드워드 섬에서 아버지 휴 존 몽고메리와 어머니 클라라 울너 맥닐 사이에서 태어났다.

1876년   생후 21개월만에 어머니를 잃고 캐번디시에서 우체국을 경영하던 외할아버지와 외할머니에게 맡겨졌다.

1884년   제임스 톰슨의 〈사계〉에 영감을 받아 시 〈가을〉을 썼다.

1887년   아버지가 캐나다 서부 프린스앨버트에서 메리 맥레이와 재혼했다.

1889년   어려서부터 일기를 썼지만 그동안 썼던 일기를 모두 없애고 새롭게 다시 쓰기 시작했다. 이때부터 1942년 죽을 때까지 쓴 일기가 아직 남아 있다.

1890년 아버지와 함께 살기 위해 프린스앨버트로 갔다.
샬럿타운의 지역 신문인 《데일리 패트리어트》에
시 〈르폴스 곶에서〉를 발표했다.

1891년 계모와의 불화와 향수병으로 캐번디시로 돌아
왔다.

1893년 교사 양성 학교인 프린스오브웨일스대학에 5등
으로 입학했다.

1894년 샬럿타운에 있는 프린스오브웨일스대학을 졸업
하고 2급 교원 자격증을 취득했다. 7월에 비더포
드 초등학교에 교사로 부임하여 1896년 6월까지
근무했다.

1895년 1급 교원 자격증을 취득했다. 노바스코샤주 핼리
팩스에 있는 댈하우지대학에서 1년 동안 영문학
을 공부했다.

1896년 프린스에드워드 섬의 벨몬트 16번지 초등학교에
부임하여 2년간 근무했다.

1898년 외할아버지가 돌아가시자, 외할머니가 하던 우
체국 일을 돕기 위해 캐번디시로 돌아왔다.

1901년 신문과 잡지에 글을 쓰면서 이름을 알렸고 《데일

리 에코》의 기자로 일했다.

1907년   여러 출판사의 외면을 받다가 인세 500달러를 받고 L. C. Page 사에서 《빨강 머리 앤》을 출판했다.

1908년   M.A.&W.A.J. 클라우스의 일러스트를 넣은 《빨강 머리 앤》이 미국에서 출판되었다. 책 출간 후 낭만적인 소설 내용에 세계적인 베스트셀러가 되었다.

1909년   《빨강 머리 앤》에 대한 독자들의 뜨거운 반응에 후속 작품인 《에이번리의 앤》을 발표했다. 《빨강 머리 앤》이 스웨덴에서 처음으로 번역되어 출판되었다.

1911년   외할머니가 돌아가시자, 우체국 일을 그만두고 장로교의 이완 맥도널드 목사와 결혼했다.

1912년   단편들을 모아 《에이번리 연대기 1》를 발표했다.

1915년   《섬의 앤》을 발표했다.

1917년   《앤의 꿈의 집》을 발표했다.

1919년   미국에서 《빨강 머리 앤》이 무성영화로 제작되고 상영되었다.

1920년   단편집 《에이번리 연대기 2》를 발표했다.

1927년 에밀리 시리즈의 완결판인 《에밀리의 퀴즈 풀이》를 발표했다.

1935년 대영제국 훈장 4등급(OBE)을 받았으며, 캐나다 여성으로서는 최초로 왕립 학회 회원이 되었다.

1941년 약물에 의존해야 할 정도로 건강이 악화되었다.

1942년 4월 24일 토론토의 저택에서 68세로 세상을 떠났다. 평생 사랑했던 고향 프린스에드워드 섬으로 옮겨져 캐번디시 공동묘지에 묻혔다.

옮긴이 박혜원

심리학을 전공하고, 현재는 전문번역가로 활동 중이다. 옮긴 책으로 《퀸 (40주년 공식 컬렉션)》, 《곰돌이 푸1 : 위니 더 푸》, 《곰돌이 푸2 : 푸 모퉁이에 있는 집》, 《빨강 머리 앤》, 《소공녀 세라》, 《문명 이야기 4》, 《젊은 소설가의 고백》, 《벤 버냉키의 선택》, 《본능의 경제학》 등이 있다.

빨강 머리 앤 3

1판 1쇄 2019년 7월 16일
1판 2쇄 2020년 2월 25일

지은이 루시 모드 몽고메리
옮긴이 박혜원

펴낸곳 더모던
전화 02-3141-4421
팩스 02-3141-4428
등록 2012년 3월 16일(제313-2012-81호)
주소 서울시 마포구 성미산로32길 12, 2층 (우 03983)
전자우편 sanhonjinju@naver.com
카페 cafe.naver.com/mirbookcompany

ISBN 979-11-6445-076-3 00840